流星シネマ

吉田篤弘

ハルキ文庫

JN115974

角川春樹事務所

流星シネマ

目次

装幀――クラフト・エヴィング商會［吉田浩美・吉田篤弘］
イラスト――著者

流星シネマ

なんだか分からないところ

Tarō

この世界は、いつでも冬に向かっている。

いくつかの明るい空の下で起きたことを思い出しながら、四つの季節のいちばん終わりへ向かって、地球は回りつづける。

そう思うと、少しばかり怖《おそ》ろしくなって、僕は下手な歌を歌ってごまかす。

明るい空の下で起きたことを思い出しては、夢や希望に織り交ぜ、胸の奥にしまってあったものとひとつにして、声に出さずに歌っている。

あらかじめ、冬へ向かうことが分かっているので、皆、そのための準備をする必要がある。冬はとても厳しい寒さをこちらに仕向けてくるが、冬に向けて準備をすることは、むしろ、心愉《たの》しいものであると、いつからかそう思うようになった。

おかしなことだが、皆、冬に向かっていく小さな怖ろしさと引き換えに、そのための準備をする、いくつかの小さな愉しみを見つけ出した。

ついこのあいだの木曜日のこと、ガケの上から黒いコウモリのような傘が降ってきた。ガケの上の大きな家の大きなベランダに干してあった傘が、こちらの方へ——僕のアパートがあるガケ下の町へ、風にあおられてゆっくり舞い降りてきた。

ここには色々なものが降ってくる。飛ばされた帽子、男ものの上等な白いシャツ、宝くじのハズレ券、定期購読の英語の新聞——上の町のあれこれが、風に飛ばされてゆらゆらと降ってくる。

ときには、人の声も。

「ふきだまり」と。

僕はしかし、そう思わない。ここはふきだまりではない。たぶん、きっと、おそらくは。ガケの上には、ときどき出かけていく。さして用事もないのだけれど、急行の停《と》まらない私鉄電車の駅がある。駅の向こうには古めかしい給水所があり、ガケの上の町も下の町も、このあたりに暮らしている誰もが、その給水所から水道管をひいて水を飲んでいる。

僕はしかし、アパートの近くにある外国の食品を多めに売っているスーパー・マーケットで、青い蓋《ふた》のついた外国の水を買って飲んだりする。皆、同じ水を飲んでいるが、そんなふうに、皆、少しずつ違う水も飲んでいる。

ガケ下の町は都会のへりの窪《くぼ》んだところにあり、分かりやすく云えば、「へこんだところ」ということになる。この「へこんだところ」に生まれて、いまもここで暮らし、それが、ずっとつづくようにも思うし、いつか皆、ここから出て行ってしまうようにも思う。

父はガケの上のマヨネーズ工場で働いていた。いまはもう、工場もマヨネーズも父も存在していない。それは僕が予想していたより、ずっと早く訪れた。僕の予想はいつも当たらない。当たらないけれど、予想することはどうしてかやめられない。

生きていくことは予想することの連続でつくられている。たぶん、きっと、おそらくは。

今日は少し雨が降るかもしれない。寒くなるだろう。帽子を頭にのせて出かけた方がいい。でも、そのうち雲が晴れて陽《ひ》が射し込み、歩いているうちに、少し汗ばんでくるかもしれない。歩くと云っても、大した距離ではない。ほとんど、ガケ下で一日を過ごすのだから、一日に歩く距離など、たかが知れている。

特に用事がなければ、毎日、昼前に仕事場へ出かけていく。仕事場もガケ下にあり、そこで仕事をするので、「仕事場」と呼んでいる。正確に云うと、僕の仕事場ではなく彼の仕事場だ。

彼というのはアルフレッドという名の外国人で、国籍はアメリカだが、英語だけではなく、フランス語やドイツ語も話す。

彼はしかし、日本の言葉をうまく話せない。僕もまた彼に通じる外国の言葉をうまく話せない。だから、僕と彼が正しい会話をしているのか、本当のところはよく分からない。

たとえば、僕はアルフレッドが何歳なのか知らない。ときどき、彼は自分が僕よりもはるかに年長であると主張する。

「イイですか？　私はタローより、ちょうどフタマワリ歳《とし》を食っているんです」

本当にそのとおりなら、アルフレッドはいま五十四歳ということになる。「歳を食っている」とそこだけはっきりした日本語で話すが、とてもそんなふうに見えない。

彼は僕が十代のころから、いまのアルフレッドだった。もじゃもじゃの頭で、鼈甲《べっこう》ぶちの眼鏡をかけ、痩《や》せても太ってもいない、ちょうどいい体型で、きれいに剃《そ》ったヒゲが夕方になると少し青々としてくる。いつも同じ黒い上着を羽織り、決まりきったメーカーの青いジーンズに黒いスニーカーを履いている。

出かけるときは、あまり似合っていないくたびれた帽子をかぶっていく。本を読んでいるときは、眼鏡の奥のやや緑色がかった灰色の瞳が心なしか澄んで見える。

僕の見るところ、アルフレッドはこの二十年間、まったく歳をとっていなかった。でも、自分がどれほど「歳を食った」のかと計算してみれば、たしかにそういう年齢になる。この世界は着々と冬に向かいつづけているのだろうが、こうして、われわれもまた、ひとりひとり冬に向かいつづける。

いま、自分が四つの季節の、どのあたりまで来ているのかは分からない。

神様が、そのようにこの世界をつくった。

じつに、うまく出来ていると思う。

ガケのことを、この町の人々は、ときどきかしこまって、〈鯨塚《くじらづか》〉と呼ぶ。地図に載っている正式な名前ではない。皆が勝手にそう呼んでいるだけで、一応、由来はあるが、あまりに昔のことで、本当のところは誰にも分からなかった。

〈バイカル〉の店主である椋本《むくもと》さんの話によると、ガケが「巨大な鯨」の形をしているから、そう呼ばれているのだという。

「もう少し丁寧に云うとですね」

椋本さんは僕の他に誰も客のいない店内で声をひそめた。

「いまは暗渠《あんきよ》になっていますが、昔、ガケ下の遊歩道は川だったでしょう？」

川だったことはむしろ記憶に新しく、ある年齢より上の住民は、当然、覚えているはず。

「あの川に海から鯨が迷い込んできたことがありました。昼のニュースで全国放送されたので、大騒ぎになって――」

そのとき僕は五歳で、知らない大人たちが川に集まって、しきりに大きな声をあげていたのを覚えている。その事件がきっかけになり、町の老人たちが、先代の老人たちから聞いた話を少しずつ思い出した。

「この川に鯨が迷い込んできたのは、これが初めてじゃない。大昔に、巨大な鯨がさかのぼってきたという話を聞いたことがある」

かれこれ二百年も前の話だが、とんでもなく大きな鯨で、体が川にはまり込んで、そのまま絶命したという。その巨大な亡骸《なきがら》を埋葬するためにつくられたのが〈鯨塚〉で、遊歩道に沿って——それはつまり川に沿ってということだが——ゆるやかに蛇行したようにガケがつづいている。

「埋葬した鯨のかたちを、そのままなぞっているからだ」

老人の一人がそう云ったとか。

「つまり、ガケの上の町は鯨の背中の上につくられた町ということになります」

椋本さんはわざとらしく神妙な顔になって、僕にロシアン・コーヒーを差し出した。

いつものことだが、椋本さんの話はどこまでが本当なのか分からない。

「町のいちばん北にあるから〈バイカル〉という店名にしたのです」と云うけれど、店は実際のところ、町の西側に位置している。看板商品のロシアン・コーヒーにしても、作り方を教えてもらったわけではないが、コーヒーにウォッカと卵黄とミルクを混ぜ入れたものと思われる。はたして、本場であるバイカル湖のほとりで、本当に、これと同じものが飲まれているのか大いに怪しい。

でも、僕はこのとき椋本さんから聞いた鯨の話を、二年前に新聞に書いた。新聞と云っても、タブロイド・サイズの八ページほどのもので、一般的には、「タウン情報紙」と呼ばれているものに近い。そう云ってしまえば、なんとなく格好がつくような気もするが、この町の、見るからに元気のない残念な様子を知っていたら、なぜ、こんな小さな町でタウン紙がつくられているのか理解に苦しむだろう。しかも、この新聞は四半世紀ものあいだ、休みなくつづいているのだ。

このおかしな新聞をつくっているのが、ほかでもないアルフレッドで、彼はこの町にやって来てまだ間もない四半世紀前に自力でこのメディアを立ち上げた。当然ながら、このタブロイド紙に、〈流星新聞〉と名づけたのも彼で、僕がまだ子供で、二丁目の駄菓子屋に通っていたころから、二ヶ月に一度のペースで発行してきた。

彼はガケ下のさびれた空き家を格安で購入し、自分の手で改装して、自分らしい自分のための居場所をつくった。それが彼の仕事場になり、つまりは、いまの僕の仕事場にもなっている。

ちなみに、どうしてガケ下でつくられる新聞に〈流星新聞〉などという名前がつけられたのか、そこにはアルフレッドなりの考えがあった。彼は椋本さんの話に出てきた二百年前の鯨の話を、「それはマユツバですね」と信じていない。

アルフレッドによれば、この町のへこんだ地形は、「気がトオクなるくらい歴史的な大ムカシ」に大きな流れ星が落ちて出来たものだという。

「いいですか、ココは星が落ちてきたところなのです」

ちょうどアルフレッドが手のひらを広げたくらいの大きさの、ブリキでつくられた星のオブジェがあり、仕事場の正面入口に、ぽつりとひとつ飾られていた。僕が子供のときからそこにそうしてあり、もとは青くペイントされていたが、いつからか錆《さび》が浮き出て、もはや何色とも云えない混濁した色に変わり果てている。

僕は四年ほど前からこの錆《さ》びついた星を掲げた仕事場——正しくは「編集室」だ——に通っていた。アルフレッドと二人でこつこつとタブロイド新聞の記事を書いている。記事を書くための取材もし、この新聞にとって最も重要である広告の依頼をいただいてくる仕事も請け負ってきた。この小さな町の、小さな飲食店や小さな洋服屋や小さな雑貨店を定期的に巡回し、「塵《ちり》も積もれば」と、つぶやきながら広告をとってきた。

新聞には、「一部百円」と一応の値段がついているが、実際には、フリー・ペーパーとして無料配布してきた。その結果、そうした店々からいただいた広告掲載料のあらかたが編集費にあてられ、わずかにのこった分が、アルフレッドと僕の哀《かな》しいくらいささやかな収入になる。

編集室はアルフレッドの住居を兼ねていて、彼はそこで独身のままモカと暮らしてきた。モカというのは、アルフレッドが飼っている、体が薄茶色で顔だけが真っ黒な小ぶりの雑種犬である。鼻に持病があり、呼吸をするたび、スースーと鼻が鳴る。モカは自分の顔の黒さを見られたくないのか、アルフレッドの腕の中に顔をうずめて見せようとしない。たぶん、アルフレッドの知り合いが外国から連れてきた犬ではないかと思われるが、いつどこから連れてきたのか、アルフレッドに訊《き》いても、「どこからトモナク」としか答えなかった。

錆びついた星を見ながら編集室の中に入ると、床はコンクリートが敷かれていて、まだ星が青かったころから、外の歩道を歩いてきた靴のまま入ることが許されていた。
そこはアルフレッドの書斎にしてリビングでもある十畳ほどの部屋なのだけれど、子供のころは、そこが何なのか分からなかった。喫茶店のようで、図書室のようで、そのどちらでもなく、川沿いの歩道に向けて、「ドウゾ、ご自由に本をお読みください」と看板が出ていた。

ふたつの壁のいずれも端から端まで本棚になっており、見たことのない外国の本が棚からはみ出して床にまで積み上げられていた。傷だらけの大きな木のテーブルがあり、そのまわりに、色もそれぞれな椅子がちぐはぐに並んでいる。

いまも、ほとんどそのまま変わることなく、そういう意味では、いまでもこの部屋が何なのか分からなかった。「ご自由に本をお読みください」の看板もそのままで、いまも昔も、ときどきふらりと誰かが入ってきて、棚から本を選びとって、しばらくのあいだ本を読んでいく。町にぽつりぽつりとある商店の人たちが休憩がてら来ることもあるし、時間を持て余した老人が杖をついてやって来たりする。わざわざ、隣町から歩いてくる国籍不明の外国人もあり、一日の終わりに、（そういえば今日は誰もこなかった）と気づくときもある。

ここを訪れる人に共通しているのは、彼らが皆、物静かであることだ。それは、おそらくアルフレッドが物静かであるからで、こうしたところに通って仕事をしていれば、僕もまた一日を静かに過ごすことになる。

アルフレッドは大きなテーブルとは別に自分専用の小さな机を部屋の隅に置き、モカを膝の上に乗せたり足もとにはべらせたりして、本を読んだり原稿を書いたりしている。

僕はたいてい大きなテーブルの端の方で原稿を書き、ざらざらした紙のノートにボールペンで文字を書いていく音と、アルフレッドの腕の中に顔をうずめたモカの呼吸音がスースーと部屋の中に響くのを聞いている。

＊

「ねぇ、こんなところでくすぶったまま人生を終わらせていいの?」

ミユキさんの声が編集室に響きわたった。

本当は、そのセリフをそのままミユキさんの記事の見出しにしたかった。でも、アルフレッドに相談する前に自分で取り下げたのは、間違いなくミユキさんにしかられると思ったからだ。

もっとも、ミユキさんは何をどう書いても満足しないだろう。昔からそういう人だった。学年で云えば一年上で、面倒見がよくて、後輩の誰からも慕われていた。なのに、どういうわけか僕にはきびしい。とりわけ、中学校に通っていたときのこと、ミユキさんは読書部の部長で、僕を副部長に任命しておきながら、「太郎君、議事録はもっときれいな字で書くように」「太郎君、それでは本の読み方が浅いです」「太郎君、制服にアイロンをかけなさい」と、いつでも不満そうだった。

そのミユキさんがガケ下に帰ってきた。コウモリ傘が降ってきた木曜日にだ。

傘をさして空から降りてくるのはメリー・ポピンズだったが、ミユキさんは中学生のころ、「メアリー・ポピンズ」のシリーズを、ことのほか愛読していた。映画でメリーを演じたジュリー・アンドリュースにあこがれ、髪をまとめておかしな形の帽子をかぶり、黒いコートを着て、雨でもないのに黒い傘を小脇に抱えていた。

傘が降ってきた木曜日に、僕はいつもの時間に編集室へ出かけ、アルフレッドは所用で外出していたので、一人で大きなテーブルに向かって書きかけの記事をまとめていた。

空が曇っていた。雲はあきらかに雨を孕《はら》み、いつでも雨を降らせる準備があると云わんばかりに、空を覆っていた。空が曇っていると眉をひそめる人がいるが、雲の向こうには、いつでも青空があって、たまたま見えないだけなのだ。

編集室の大きなテーブルから窓ごしに外を眺めると、すぐそこに遊歩道があり、それはつまり、鯨が迷い込んできた川を埋めてつくったものだ。さほど大きな川ではない。もういちど云うが、僕はそのときまだ五歳で、川の中の鯨は目撃していない。でも、鯨がゆうゆうと入り込んでくる川幅でなかったことは、遊歩道の道幅を見れば、すぐに分かる。

アルフレッドの云うとおり、二百年前の巨大な鯨の伝説はともかくとして、二十五年前の昼のニュースで放映されたもう一頭の鯨は、伝説ではなく確かな事実だった。こんなところに鯨があらわれるなんて——と、それまでまったく気にとめていなかった川が、あのとき、一気に存在感を増した。

いまでも、あの川は暗渠となって遊歩道の下を流れている。青空が雲ですっかり覆われているように、川は表に見えないだけで、いまも地中深くを流れている。

そのことを忘れないよう、川岸の桜並木がのこされた。じきに、花を咲かせる季節がきて、川は見えなくなっても、桜は昔と変わらず満開の匂いを香らせて、遊歩道に町の人たちを集める。

編集室の時計は午後一時だった。ストーブの前にはモカがいて、体を丸めて顔を隠しているので、寝息がくぐもって聞こえる。

誰かが編集室の入口に立っていた。黒いコートを着て錆びた星を見つめ、黒い傘を小脇に抱えている。

突然、あらわれたように見えた。

空からコウモリ傘が降ってきた午後に、その人も、曇り空の中から、傘をさして舞い降りてきたように、いつのまにかそこに立っていた。

こんにちは——とその人は云わなかった。何も云わずにドアをあけ、曇り空から届く淡い光を背にして立っている。シルエットになっていた。黙ってこちらを見て、僕もシルエットに目をこらしたが、僕が気づくよりも早く、

「太郎君？」

ミユキさんの声がした。

「ミユキさん？」とすぐに声を返す。

何年ぶりだろう。ミユキさんが町を離れてから何年が経《た》ったのか。

「五年ぶり」とこちらの胸のうちを見透かしたようにミユキさんが云った。そういう人だ。いち早く見透かして、誰よりも早く事態を理解する。

「変わらないね」

部屋の中を見まわしながら入ってきたミユキさんこそ、かつてジュリー・アンドリュースを真似ていたときと変わらぬメリー・ポピンズ・スタイルだった。おかしな形の少しつぶれてしまったような帽子もかぶっている。あれからずっと、この格好を維持してきたようにも見えるし、たまたま、雨が降りそうな曇り空だったので、傘を抱えているだけなのかもしれない。


ミユキさんと僕は、中学生のときも、高校生のときも、そのあとも何度か、このアルフレッドの「なんだか分からないところ」で顔を合わせていた。ひさしぶりに思い出したが、ミユキさんは、この場所をそんなふうに呼んでいた。

「なんだか分からないところ」

あらかじめ示し合わせたり、待ち合わせをしたりということはない。ここを訪れたくなったときに、たまたま出くわし、その偶然が恥ずかしくなって、いつでも、お互いを「あっ」と驚いたように指差した。その偶然が——ミユキさんの云うとおりであれば——五年ぶりに繰り返されていた。

まったく予期していなかったので、「あっ」と口にすることはなかったものの、お互いの顔を認めたときの目が、（あっ）と見ひらかれていた。

そのあとのセリフも、たいてい決まっている。

「本を読みにきたんですか」

学生のときと同じ口調で訊いてみた。これに対するミユキさんの答えも決まっていて、

「一人になりたくて」

必ずそう云って、僕の存在などなかったかのように、一人で棚から本を引き抜いて読み始める。

でも、あれからそれなりの時間が流れ、雲の向こうの青空や、遊歩道の下の川のように目にすることは出来ないけれど、おそらく、それぞれの人生を彩る季節が変わったのだ。

「お願いしたいことがあって」

ミユキさんは傘を抱えなおした。

「こんなわたしが、料理をすることになるなんて」

ミユキさんは大きなテーブルの僕から少し離れたところにつき、ひとりごとがつい口からこぼれてしまったようにそう云った。

「料理?」と確かめる僕の声に重ね、

「ロールキャベツ」とミユキさんはため息をついた。「それしかつくれないし、それなら、何度か美味《おい》しいって云ってもらったことがあるから」

「そうですか」とこちらはそう云うしかない。

「じつは、店を引き継ぐことになったの」

ミユキさんはもういちど部屋の中を見まわした。ストーブの前のモカに気づいて、僕の顔を不審そうに見なおす。たぶん、ミユキさんはアルフレッドに会いにきたのだろう。

「店って?」

「父親のあの店。知ってるでしょう?」

もちろん知っていた。

川が流れていたときの名ごりで、遊歩道には橋の痕跡が残されている。橋の名が刻まれた欄干の一部が健在で、ミユキさんの父親が営んでいた定食屋の〈あおい〉は、すぐそばにのこされた〈あおい橋〉からとったものだった。が、いまは暖簾《のれん》がしまい込まれたまま、じきに二年が経つ。

「疲れた。もうやりたくないって。わたしはてっきり兄が引き継ぐものと思っていたんだけど、夢をかなえて競輪選手になって、挙句、勝手なことを云い出して、閉めておくのはもったいないから、ミユキが引き継ぐべきだって」

新聞をつくっていれば、町のさまざまな事情を知ることになる。ミユキさんが話してくれたことも、〈オキナワ・ステーキ〉のゴー君から聞いて、およそのところは知っていた。むしろ、この五年のあいだに、ミユキさんがどこで何をしていたのか、町の事情通であるゴー君でさえ知らなかった。

「美術館で働いていたらしいって聞いたことがあるけど、〈バイカル〉の椋本さんが情報源なんで、まぁ、本当かどうか――」

ゴー君とは小学校から始まって、中学、高校と一緒だった。合計十二年間も同じ学校に通ったことになる。だから、ゴー君もミユキさんのことはよく知っていたし、なによりゴー君は父親の飲食店を引き継いだ経験もあった。

「とにかく、ロールキャベツしかつくれないし、そのひと品だけで、やっていけるものなのかなって」

ミユキさんは、そんな無謀なことを云い出した。

「それで、アルフレッドに相談しに来たんですか」

「違うの。できれば、記事にしてほしくて」

どうやら、ミユキさんは店を継ぐことはもう決めているらしく、〈ロールキャベツの店・あおい〉と店名も決めて、あとは〈流星新聞〉でとりあげてもらえないかと考えたらしい。

「先立つ物がないので広告は出せないけど、記事になったら、それがそのまま宣伝になるでしょう？」

「なるほど」

僕はようやくミユキさんに褒めてもらえるときが来たのではないかと、口もとがほころびそうになった。

「記事は僕が書きますよ」

どうにか、舌がもつれないようにそう云うと、

「なんで、太郎君が」

ミユキさんは僕の顔をあらためて見なおしていた。さすがに事態の飲み込みが早いミユキさんでも、僕がアルフレッドと一緒に新聞をつくっていることは飲み込めていないようだった。

じつは、ミユキさんが町にいなかった五年のあいだに、僕もそれまでの仕事をやめて、いまはこういうことになっているんです――と説明すると、

「ねぇ、こんなところでくすぶったまま人生を終わらせていいの？」

ミユキさんは、そこでそう云ったのだ。

ふと、アルフレッドの説を思い出した。

「くすぶったまま」という言葉が、気が遠くなるくらい大昔に、この土地をへこませた流れ星の「くすぶり」に連鎖した。落ちてきた星は数百年にわたってくすぶりつづけ、石や岩や灰と化して、この土地の基盤をつくった――。

そんな大胆な説を思いつくのは、アルフレッドがよそから来た人だからだろう。この場合の「よそ」は、その言葉が本来持っている印象よりずっと深遠だ。

アルフレッドは、このガケ下のへこんだ町を、この星の外から眺めるように俯瞰《ふかん》してい

た。こんな小さな地味な町で、新聞をつくろうと思い立ったのもそうだし、ひとつの星に別の星が落ちてくる確率の低さを尊いものと解釈して、

「だから、私はここにイルのです」

と真顔でそう云ったことも忘れ難い。

それに引き換え、僕は何も知らないし、知ろうと思ったこともなかった。

たとえば、遊歩道に並び立つ桜がどんなふうに春の到来を予感するのか、僕は知らない。人間と犬とがストーブの前からまだ離れられない冬の終わりに、桜は、「たぶん、きっと、おそらく」と予感するのだ。

編集室の窓の外のすぐそこに桜の木は並んでいた。一ヶ月後には、窓に縁どられた景色のすべてに桜吹雪が舞う。うまくいけば、ミユキさんの「ロールキャベツの店」は新調した暖簾を掲げているかもしれない。

僕の予想はいつも当たらないけれど、出先から帰ってきたアルフレッドが、ミユキさんの話をひととおり聞いて、

「キットうまくいきますよ」

と明言したのは、ありきたりな予想ではない。ともすれば、この世界を俯瞰する神様の声のように聞こえなくもなかった。ただし、これにはおまけが付き、アルフレッドはそのとき、予想なのか神様の声なのか、もうひとつ聞き捨てならないことを窓の外を見ながらつぶやいた。

「私はザンネンながら、今年のサクラを見られないと思いますが」

これまで一度も聞いたことのない低い声だった。

流星シネマ

古びたピアノと煙草をくわえた女神

Alfred

編集室の隅に古びたピアノが一台置いてある。調律が必要になってから、すでに何年か経っていて、おそらく、アルフレッドはモカの次にそのピアノを大事にしてきた。

ときどき、彼はそのピアノの前に立って、立ったまま短いメロディーをたどたどしくよろよろと弾いた。うまくはないし、なにしろピアノが調子はずれなので、何を弾いているのか、さっぱり分からない。

「私はザンネンながら、今年のサクラを見られないと思いますが」

突然、アルフレッドがそう云い出したとき、さて、どういう意味かとはかりかねていると、彼はピアノの前で深呼吸をひとつして、鍵盤の「ラ」の音を控えめに叩いた。「ラ」はオーケストラがチューニングをするときの基準となる音だ。

以前、中学校の体育館で、〈鯨《くじら》オーケストラ〉の演奏会が催されたとき、そのリハーサルを取材したことがある。僕はときどきギターを弾くので、調弦するときの基調音が「ラ」であることは知っている。が、そのとき教わったのは、オーケストラにおいて、最初に「ラ」の音を出すのが、オーボエであるという意外な事実だった。その日、演奏される楽曲にピアノが使われるときは、ピアノに合わせることになる。しかし、ピアノがない場合は、おおむね、オーボエに合わせるという。

楽団のオーボエ奏者からそう聞いて、オーボエが、数ある楽器の中で最も音が安定しているのかと早合点した。が、

「いえ、そうではなくて」

オーボエ奏者の女性は小さく首を振った。

「オーボエは他の楽器より音程の調節に時間がかかるのです。他のたいていの楽器は簡単に調音できますが、オーボエは他の楽器の音程に、さっと合わせることができません。それで、他の楽器がオーボエに合わせてくれるのです」

世界がひっくり返ったような気がした。他の楽器と折り合いがつけにくいからといって、

オーボエを後まわしにするのではなく、融通のきかないものに皆が合わせている。オーボエという楽器に馴染《なじ》みがなかったので、なおさら、その話が印象に残った。ただし、ピアノがあれば、ピアノに合わせるのが慣例なのだ。

アルフレッドのピアノは、その肝心の「ラ」が正確に鳴らなかった。ひとつの音のはずなのに、微妙にずれた「ラ」がいくつも聞こえる。それなのに、アルフレッドは、そのおかしな「ラ」を楽しんでいて、ぎりぎりのところで「ラ」を保っているのを愛おしんでいるようだった。

「帰らなくてはナラナイんです」

しばらく、「ラ」の音に耳を澄ましたあと、彼は窓の外を見て静かな低い声で云った。

「私の生まれたところにです。いまも父と母が住んでいるコキョウです」

残念ながら、僕は日本語と英語が複雑に入り混じったアルフレッドの言葉を正確に汲みとれていない。声が低いときはなおさらで、新聞の取材で、老人たちの話を聞くときと同じだった。三分の二は、どうにか聞きとれるけれど、残りの三分の一は、勝手に補足して理解している。それでも、老人たちから記事にクレームがついたことはないので、その要領で、アルフレッドが話してくれたことを頭の中の手帖《てちょう》にまとめてみた。

一、私はいつかアメリカに帰ろうと、かねてより思っていました。向こうでは両親がクリーニング屋を営んでいます。ところが、一週間ほど前に父親が転んで大怪我《おおけが》を負い、年齢的なこともあって、もう、クリーニング屋をつづけられなくなったのです。

二、そういうことなら、私がクリーニング屋を引き継ぎたい、と両親に伝えました。太郎は知らないでしょうが、クリーニング屋の受付カウンターは、この世でいちばん静かなところです。私はその静けさの中で生まれ育ちました。あそこが私の始まりの静けさです。ですから、人生の最後は、その静けさに戻ると決めていました。

三、といっても、私の人生の終わりはまだ近づいていません。たぶん、きっと、おそらくは。今回はひとまず帰国して、この機会に、クリーニング屋の仕事を覚えたいと思っています。

四、ですから、何年かしたら日本に戻ってくる可能性はあります。ぜひ、そうしたいのです。いまは向こうが故郷ですが、向こうに行ったら、ここが私のもうひとつの故郷になります。

五、しかし、少なくとも何年かは戻れません。それで、太郎にお願いがあるのです。ひとつは、〈流星新聞〉をこのままつづけてほしいのです。どんなに縮小しても、新聞だけはつづけようと決めていました。私は太郎の書く記事が好きです。だから、ぜひ、つづけてほしい。もし、どうしても、紙に刷ることが難しくなったら、そのときはＷＥＢでも構いません。どんなかたちであっても、つづけてほしい。それが私のわがまま、私のお願いです。

六、もうひとつはモカのことです。彼は大変に歳をとっているので、長旅が体にこたえるでしょう。それに、大きく環境が変わってしまうことに、ついていけなくなると思います。だから、大変、悲しいですが、私と彼ははなればなれになります。彼をここに置いていくしかありません。太郎、私は君になるべく負担をかけたくないと思っていました。でも、申し訳ない、モカのことだけは、どうか面倒を見てほしいのです。
七、このふたつの願いを引き受けてくれるのなら、どうぞ、この家を自由にしてください。すべて、このまま置いていきます。私の代わりに、ここに住んでくれても構いません。それは太郎の自由です。

細かいところは正確ではないけれど、およそ、このようなことをアルフレッドはピアノの前に立ったまま僕の方を見ずに云った。モカの話をするときは少し涙ぐんでいるように見え、話し終えると、それが合図であるかのように、もういちど、「ラ」の音を力なく叩いた。

「出発は来週の予定です」

アルフレッドのヒゲが青々としていた。

「なので、今年のサクラはもう見られないのです」

もじゃもじゃの頭が、湿気でさらにもじゃもじゃになっている。

雨が降ってくる予兆だった。

案の定、三日間、雨が降りつづき、それは、どこかしら陽気な明るい雨で、その雨の中で冬が終わって、春が始まりつつあった。

「いろいろ、準備があるのです」

その三日間、アルフレッドは急に忙しそうになり、あるいは、本当はさほど忙しくもないのに、そう装っているだけかもしれなかった。午前中から頻繁に出かけていき、夕方にまた出て行って、連絡もないまま夜遅くまで帰って来ない。そんなことは、これまで一度もなかった。

きっと、アルフレッドは自分がいなくなったあとの様子を確かめたいのだ。自分がいなくなっても、編集室がこれまでどおりに続いていくことを見届けたいのである。

だから、僕はつとめて普段どおりに仕事をこなしていた。でも、本当のことを云うと、まだ彼が出発していないのに、編集室の本棚や机が色を失ったように感じていた。この部屋のあれこれは、空気ごとアルフレッドの延長としてあり、何もかもが、見えない糸で彼の体につながっている。その主がいなくなってしまえば、血を送り込む糸が途絶え、部屋の中のあれこれは、みるみる枯れてしまう。それでは困るのだ。

アルフレッドにとって、実家のクリーニング屋のカウンターが、「この世でいちばん静かなところ」であったように、アルフレッドのこの編集室が、僕にとっての「始まりの静けさ」だった。

ここは、僕が初めて両親以外の大人たちに出会ったところで、一人で時間を過ごして、自分を整えるところだった。なにより、いつ来ても、見知らぬ本が並ぶ、すぐそこにある外国だった。

その中心にアルフレッドがいて、彼はクリーニング屋のカウンターから運んできた「静けさ」を常に保ちつづけていた。

「さて、これからどうすればいいのか」と唱えているところに来客があり、玄関口で傘を閉じている姿に、最初はアルフレッドが出先から戻ってきたのかと思った。

でも、そうではない。毎度のことだった。

彼がそうして編集室の入口にあらわれると、たいていはアルフレッドと見間違えた。アルフレッドがすぐ隣で仕事をしているときにやって来ると、すぐ隣と玄関に、二人のアルフレッドが出現して、そのたび、二人を見くらべて、つい笑いそうになった。

「いま、いいですか」と彼は礼儀正しくそう云い、いつもどおり、遠慮がちに体を小さくして部屋に入ってきた。アルフレッドの正しい年齢を知らないように、僕は、このもうひとりのアルフレッドの正しい名前を知らない。「歌唄い」と皆からそう呼ばれ、アルフレッドだけが「バジ君」と呼んでいた。

はじめてその呼び名を聞いたとき、「バジ?」と確かめたところ、アルフレッドはノートの端に書き順も正しく、「馬耳」と書いた。

「馬はバと読んで、耳は耳鼻科のジと読むでしょう。それでバジです」

「なるほど」と僕が頷《うなず》くと、彼は「馬耳」の二文字のあとに、「東風」と書き足した。

「これで、バジトウフウと読むそうです。意味は、他人にナンと云われようと気にしないということです。イイ言葉ではありませんか。あの歌ウタイの彼は、ちょっと、そんなカンジがありますよ」

いや、そんなふうに云えば聞こえがいいが、他人の意見に耳を貸さないのは、アルフレッドの数少ない欠点のひとつだ。たぶん、アルフレッドも、バジ君の容姿が自分に似ていると認めているのだろう。

「やぁ、バジ君」

彼があらわれるたび、笑顔で歓迎してきた。

バジ君のもじゃもじゃの髪や鼈甲ぶちの眼鏡は、アルフレッドを真似ているのではないかというほどそっくりで、ただ、「バジ君」と「君」が付くように、彼はおそらく僕よりも幾分か若い。まだ二十代の前半ではないか。日本人ばなれした顔つきをしているが、瞳は黒く、話すときも、歌うときも、日本語をきれいに発音する。口数が少ないところはアルフレッドと同じで、呼び名の由来どおり、どうも、こちらの話を聞いていない。出身や年齢を訊いても、得意の歌が披露されるだけで、幾度となく、はぐらかされてきた。

ただ、それは彼に限ったことではない。アルフレッド自身が、他人からとやかく云われるのを嫌っていて、編集室を訪れる人たちには深く立ち入らないようにしていた。ここへ繰り返しやって来る人たちの多くは、そこのところを分かっていて、この先、僕がアルフレッドから引き継ぐべきは、そうした距離の取り方かもしれなかった。

「ピアノを借りていいですか」

バジ君がここへ来る理由は、ほとんど、そのひと言を云うためだった。

「ドウゾ、ご自由に」とアルフレッドが答える前に、もうピアノの前の椅子に座っている。椅子は、いい加減ガタがきていて、ギィギィとなかなかの大きさで悲鳴をあげるが、バジ君は華奢《きゃしゃ》なので、いつでも、うまいこと椅子を鳴らさないよう器用に座ってみせた。あとは、皆から「歌唄い」と呼ばれているとおり、静かにピアノを弾いて歌うだけだ。あるいは、「静かに歌う」というのは矛盾した云い方かもしれない。しかし、ひとたび彼のピアノと歌を聴いたら、誰もが、「静かに弾いて、静かに歌っている」と云うだろう。彼がここでこうして歌うのは、あくまで練習であり、そもそも控え目なたちなので、大きな声で歌い上げたり、力まかせに鍵盤を叩いたりというようなことはない。むしろ、もう少し声量を上げてほしいくらいで、最初は、僕もアルフレッドも、（おかしなヤツだな）と思いながら耳を傾けていた。そのうち、静寂に点を打っていくようなピアノと歌に、つい聴き入ってしまい、仕事の手がとまってしまうことが何度かあった。

「ピアノを借りていいですか」と雨の匂いをまとって部屋に入ってきた彼に、「どうぞ、ご自由に」とアルフレッドの口調を真似て答えた。彼はいつもどおり、器用に椅子に腰をおろし、これまたいつもどおり、ピアノに一礼して目をつむった。

そこからが、少々長い。彼の歌は彼がピアノの前に座ったときから始まっていて、最初の一音を奏でるまでの沈黙からして、歌の一部だった。それは、歌が始まってからも同じで、歌詞はどこの国の言葉でもない、彼自身がその場でつくったバジ語とでも云うべき言語だった。ぽつりぽつりと途切れ途切れに歌い、ときおり、バジ語の合間に、しんとした静寂が挟まれた。いつ始まって、いつ終わるのか分からない独特なスタイルだ。

そんなふうに、彼がつくり出す歌と静寂が、妙な緊張感を生まないのは、ひとえに彼の人柄によるものだろう。緊張どころか、あたたかい体温のようなものさえ感じられ、こうして、ふらりとあらわれて、いつ始まって、いつ終わるのか分からない歌を、ひとりごとのように空気に放つと、部屋の温度が、わずかながら上がったような気がした。

有難かった。部屋の中から失われつつあった色や艶《つや》や生気のようなものが、彼の歌によってよみがえる。ただし、仕事ははかどらなかった。ついつい聴き入ってしまうからだ。

そのうえ、彼の歌は「ねむりうた」と名付けられ、以前、取材を申し込んで話を聞いたとき、

「ぼくは眠れない人たちを安らかな眠りに誘《いざな》うために歌っているのです」

そう云っていた。

そのときの記事は、それ以上のことを話してくれなかったのでボツになってしまったが、僕としては、バジ君の核心を聞き出すことができたとひそかに満足していた。

ただ、彼の歌が人を眠りへ誘うためのものだと知ったら、それ以降、彼の歌を聴くたび、心地よい睡魔に襲われるようになった。仕事がはかどらないどころか、十分ほど聴いているると眠気に襲われる。

だから、急にバジ君がピアノを弾く手をとめて歌を中断したのも、夢の中の出来事かと思えた。

「そういえば」

歌をやめて僕の方に向き直り、

「そういえば、忘れていました」

咳払《せきばら》いをひとつした。

「昨日の夜、三丁目のバーで、〈ひともしどき〉のカナさんにお会いしたんです。で、話しているうちに太郎さんの話になって」

バジ君が自分から長々と話すのを初めて聞いたような気がした。

「明日の夜——というのは、もう、今日の夜ということですが、時間があったら、ガケの上へ来てくださいと、ことづてを預かってきました」

「それは、あの、つまり」

僕は意表をつかれて言葉があやふやになった。

「つまり、僕を呼んでくださっているということでしょうか」

「ええ、太郎さんに来てほしいと」

「カナさんがですか」

「ええ、カナさんがです」

*

カナさんには一度だけお会いしたことがある。ガケ上の給水所の近くにひとりで住んでいて、その住居というのが、百年くらい前から建っているような古い洋館だった。その家の一人娘として生まれ育ち、三十代で相次いで両親を亡くしてから、およそ三十年近く、その洋館で暮らしている。洋館は両親との思い出が染みついた家であると同時に、カナさんがひとりで営んでいる、詩集を発行するささやかな書肆《しょし》でもあった。〈ひともしどき〉

という社名で、これは「灯《ひ》を灯《とも》すころ」、つまり「夕暮れどき」をあらわす古い言葉だという。

僕がカナさんにお会いしたのは取材ではなかった。取材は、三度お願いして、三度ことわられ、三度目は、〈ひともしどき〉から刊行された新刊を「紹介します」と電話でお伝えしたところ、

「紹介してほしいなんて、わたしは頼んでいません」「新聞と名のつくものは、すべて嫌いです」「だいたい、わたしのことなんて誰も知りたくないでしょう」

そんなカナさんに、ある日突然、呼び出されたのだ。

三度目の取材を申し込んだときに、サンプルとして、〈流星新聞〉のバックナンバーを何号かお送りした。カナさんは、そこに掲載された僕の原稿を読んでくれたらしい。

「あなたが羽深《はぶか》太郎さん」

カナさんは煙草《たばこ》をくわえたまま僕の顔をじっと見ていた。

はっきりしたことは分からないけれど、カナさんはおそらく七十歳に近い。が、目の前に座って紅茶をすすめてくる白いシャツ姿は、とてもそんな年齢に見えなかった。まず何

より、身長がおよそ百八十センチは超えていて、噂《うわさ》には聞いていたが、目の当たりにすると、まるで、伝説から抜け出てきた聖人に見えた。

そういえば、イエス・キリストが起こした最初の奇跡——水を葡萄《ぶどう》酒に変えてみせたのは、「カナ」という名の町の婚礼の席においてだった。

大変なヘビー・スモーカーで、洋館の中は思いのほか老朽化をまぬがれていたものの、壁紙が、どこもかしこもすっかり変色していた。たぶん、カナさんがひっきりなしに吸いつづけているセブンスターの煙によるものだ。ギリシア神話に出てくるような彫りの深い顔をしているのに、笑うと、前歯がヤニで染まっている。

「煙草をくわえた女神」

僕が思いついたカナさんの記事のタイトルだ。もちろん、頭の中だけに書いた記事だが。

「あなた、シを書きなさい」

そのときカナさんは僕の顔を見ながらそう云ったのだ。しかし、そのあとに何と云ったのか、ひとつも覚えていない。あとで判明したところでは、すすめられるまま飲み干した紅茶に、ブランデーが数滴垂らしてあったらしい。酒の飲めない僕は記憶をなくすほど正体不明になり、どんなふうにガケ下に戻ってきたのかも分からなかった。

それが、三ヶ月ほど前のことだ。

「あなた、シを書きなさい」

夢のまどろみの中で、そこだけノイズがクリアになり、ヤニが一掃された白い壁にカナさんの肖像が飾られていた。その肖像画が、「シを書きなさい」と話しかけてくる。そればかりか、絵の中からカナさんの上半身がせり出して、「シを書きなさい」と、セブンスターの煙を吹きかけてくる。

そんなおかしな夢を何度か見て、「シを書きなさい」とリフレインされるたび、気になることがあった。詩集屋の主人であるカナさんが云うのだから、「シを書きなさい」の「シ」は言偏《ごんべん》に「寺」と書く「詩」に違いない。ところがどういうわけか、カナさんは、「シ」の音を、一音上げて発音していた。

それは、ポエムの「詩」ではなく、生き死にの「死」と云うときの音の高さだった。

編集室に戻って、アルフレッドのピアノを叩いてみると、僕の聴感では、ポエムの「詩」はソの音に当たり、生き死にの「死」はそれより一音高いラの音に重なった。

なにしろ、調子はずれのおんぼろピアノなので、この発見が音楽的に正しいかどうかは分からない。それに、「シ」の音程がラであるというのも、なんだか、ややっこしい話だ。でも、僕の中で「死」の音はラの音で、そう思うと、オーケストラが演奏を始める前にラの音を合わせているのが——もともと、そう見えていたけれど——なおさら厳粛な儀式のように思えた。

*

幸いにも、夕方を前にして雨は小雨に変わり、〈ひともしどき〉を目指すのにふさわしい時刻にはすっかりやんでいた。それでも、坂道の路面はまだ濡れたままで、アスファルトに街灯の光がにじんで照り映えている。

以前、ガケ下とガケ上の高低差が、どのくらいあるのか調べてコラムを書いたことがある。結果は、およそ十五メートル。ガケの頂上と云っていい給水所のあたりは、ガケ下から見ると、ビルの五階に位置していた。

そんなことをコラムに書いたところで何がどうなるわけでもないが、数字に置き換えて記号化することで、自分の高所恐怖症を克服できないものかと目論《もくろ》んだ。

だいたい、自分がいまどのくらいの高さにいるのか分からないのは、どうにも落ち着かない。人生の四季が、いつでも冬に向かっているのと同じで、自分がいま、四つの季節のどのあたりまで来ているのか確認できないことと似ている。その相似に、「シを書きなさい」というカナさんの言葉を重ねると、いま自分は、ガケ下の「ソ」の音から坂をのぼって、十五メートルの頂きを目指し、一音上の「ラ」の音の世界――「死」の世界に参入しつつあるのだと背筋が寒くなった。

いや、こんなことは、五線譜に言葉を置いて遊んでいるにすぎない。

本当のことを云うと、僕は「シ」の発音になど関係なく、ガケ上の町に漂う青いムードを子供のころから恐れていた。その青は水の青で、水は透明なのに、「水色」がブルーなのはどうしてなのかと首を傾《かし》げたときには、もうガケ上の「青」に惑わされている。

ましてや、まだ雨があがったばかりで、坂も路地も家々の屋根も水気を残している。ただでさえ、水の神殿たる給水所がもたらす水の気配が町を支配し、街灯が点々と灯る町の景観は、営業時間を終えたひとけのない水族館に似ていた。急行の停まらない小さな駅は水族館の切符売場を思わせ、駅前の電話ボックスは、青い光をたたえた水槽に見えなくもない。

ガケ上の十字路には信号機などないはずだった。にもかかわらず、青いシグナルの反映が路上にひろがっている。

（やっぱりやめよう）と逃げ出したくなったとき、すぐそこに、洋館のあかりが見えた。


部屋に通されて紅茶がふるまわれたところまでは、このあいだ来たときと同じだった。が、カナさんの着ている白いシャツにアイロンがかけられていることと、紅茶にブランデーを垂らしていないのが、前回と違っていた。あとは、「間違い探しクイズ」を解くようにじっくり観察してみたが、どうも、それ以上の違いは見つからない。相変わらず、カナさんは煙草の煙をくゆらせ、いまにも、「あなた、シを書きなさい」と云い出しそうだった。

もし、ブランデーによって消えてしまった記憶が、「繰り返されているのです」と誰かに諭されたら、（では、これは夢なのか）と信じたかもしれない。が、

「このあいだは、ブランデーの数滴であんなことになってしまったので、今日は入れませんでしたよ」

とカナさんが笑いながら云うので、（よかった、世界は前へ進んでいる）と、ひとまずは安堵《あんど》した。

そうした夢なのか、うつつなのかという時間が過ぎ、

「チェスをしましょう」

カナさんが唐突にそう云った。

といって、「チェス」が持ち出されたこと自体は唐突ではなく、カナさんのかたわらに用意された小テーブルに、年季の入ったチェス盤と、いくつかの駒《こま》があらかじめ用意されていた。それもまた、前に来たときと同じで、ただ、そのときは、「チェスをしましょう」と誘われた記憶がなかった。

思わず、「チェスのルールを知りません」と首を振ると、

「ルールなんてどうでもいいのよ。ただ好きなように駒を動かして、勝ち負けもありません」

カナさんは折りたたみ式のチェス盤を二人のあいだに開き、ルールを知らないので何とも云えないが、どうやら、でたらめに駒を並べているようだった。並べ終えてみれば、どう見ても、駒の数がいくつか足りない。

しかし、カナさんはどこ吹く風で、くわえていた煙草を灰皿に預けると、盤上をにらんで適当な駒をひとつ、つまみ上げた。わずかに考える間があり、空いているマス目にコツンと駒を置きながら、「黒ダイヤ」と云ったように聞こえた。

「いま、なんと云いましたか」と僕が訊くのを制し、

「駒を置くときに言葉も置くんです。ルールはただひとつ、それだけです」

短くなった煙草を灰皿にねじ伏せ、「あなたの番です」と、あたらしい煙草に火をつけた。

さて、それからの数時間がいったい何であったのか僕には分からない。云われたとおり、好きなように駒を動かし、そのたび、思いついた短い言葉を交互に口にした。

「黒ダイヤ」「空き時間」「道具箱」「自転車置場」「背表紙」「境界線」——といった具合に。

もし、その数時間が、「シを書きなさい」と命じられたことに連なっていたのだとすれば、そうして言葉を盤上に置いていくことが、カナさん流の「シ」のレッスンであったのかもしれない。そこには何の説明もなく、なにごとも説明しない、というのがカナさんの

身上であるようだった。

「では、またいらっしゃい」と洋館から送り出されたときには午前零時をまわっていて、路面はあらかた乾いて、とうに水の気配は遠のいていた。

坂の上からガケ下の町を見おろすと、暗い大きな海のように、どこまでも闇がひろがっている。

ただひとつ光を放つ〈オキナワ・ステーキ〉の赤いネオンが、遠い波間に漂う救命ボートのように見えた。

流星シネマ

「ア」の消失

Miyuki

時計の針が午前一時を指していた。

僕の腕時計はつまらない安物だ。いつでも時間が正しくない。

でも、それはいいことかもしれなかった。世の中の時間と自分の腕時計の時間がぴったり同じなのは、なんだか居心地が悪い。僕にはそういうところがある。突然、皆の輪からはずれて、一人で考えたくなるときがある。

街灯が点々と灯る暗い夜道を歩きまわり、歩きながら、これまでのことや、これからのことをあれこれと考える。そうするうち、またいつのまにか誰かに会いたくなってくる。

といって、気兼ねなく会える相手は限られていて、無闇に歩きまわったせいで空腹にもなり、そういうときはいつも、ゴー君の〈オキナワ・ステーキ〉に足が向いていた。

このあたりで深夜一時を過ぎても開いている店はほとんどない。ましてや、〈オキナワ・ステーキ〉のように、朝方までステーキが食べられる店となると、このあたりどころか、隣町まで範囲をひろげても皆無に等しい。


「もう、しんどいわ」

ゴー君はため息まじりにそう云った。

「親父のころは、それでよかったかもしれないけど、朝まで店を開いてる意味があるのかないのか、分からなくなってきた」

ゴー君の父親は沖縄の出身で、東京へ出てくる前は那覇で深夜営業の喫茶店を営んでいた。その店の名物が深夜のステーキで、沖縄の酒飲みたちは、飲んだあとのシメにステーキを食べる習わしがあった。それで、〈オキナワ・ステーキ〉は深夜営業のステーキ屋になったのだ。

僕はゴー君のことなら何でも知っている。店で働いている六つ歳上のハルミさんにひそかに恋心を抱いていることも——これは、彼の口から直接聞いたわけではないけれど。

「もう、しんどいわ」が口癖で、そう云っているうちは、じつのところ、大してしんどくもない。なにしろ、ハルミさんが〈オキナワ・ステーキ〉で働くようになってから、ゴー君は「しんどいわ」と云いながらも確実に目が笑っていた。

「俺もいよいよ独身を卒業して、そろそろね」

そんなセリフを口にするようになり、それでいて、ハルミさんに対してあからさまに目尻を下げるようなことはなかった。あくまで、店主と従業員の関係を保っている。というか、本人はポーカー・フェイスで通しているつもりなのだろうが、僕から見れば、彼が必死に理性を保とうとしているのは明白だった。

もっとも、これはハルミさんにも伝わっているようで、つまり――これもまた本人に確かめたわけではないけれど――ゴー君の思いをハルミさんは察知しているようだった。

「今晩は、太郎さん」

いつものカウンター席につくと、コップについだ水を僕の前にそっと置きながら、ハルミさんは安定の笑顔で迎えてくれた。常に落ち着いていて、涼しげな目もとと特徴的な唇のかたちが往年のローレン・バコールによく似ていた。もし、本物の「流し目」を至近距離で見たければ、〈オキナワ・ステーキ〉のカウンターでハルミさんに注文をすればいい。

「いつもの。百グラム。ミディアム・レアで」

僕がそう云うと、体を斜めに構えたまま注文を復唱しながら伝票に書きとった。そして、書きとった最後の一瞬、こちらに流し目を送ってくる。

健康志向が蔓延《まんえん》して、深夜にステーキを食べようという客は年々減っていた。それでも、〈オキナワ・ステーキ〉がどうにか存続しているのは、ハルミさんの流し目に、ぞくりとなった男たちが常連になるからだ。ハルミさんはつまり看板娘で、ゴー君が彼女に抱く思いを隠しているのは、そうした常連たちの顰蹙《ひんしゅく》を買わないためでもあった。

とにかく、〈オキナワ・ステーキ〉は小さな店だ。カウンターの十席と四人がけのテーブルが二つしかない。カウンターの中の鉄板でゴー君が肉を焼き、店内は一九七〇年代からほぼそのままだった。マリリン・モンローの色褪《あ》せたポスターが貼ってあるのは先代の趣味だが、モンローとバコールでは、ずいぶん印象が違うので、ステーキを美味しく焼き上げる手腕はそっくり同じでも、女性の趣味は引き継がれなかったことになる。

「百グラムにしとけ」

ゴー君がそう云った。

「親父がよく云ってたよ。夜中のシメのステーキってのは、少しだけさっと食べて切り上げるもんだって」

それで、いつものように百グラムのステーキを平らげたところで、「アルフレッドが故郷に帰って、家業を引き継ぐことになった」と話すつもりだった。

ところが、いざ話そうとしたところで、突然、店のドアが開かれ、小さな舞台の安っぽい演出のように、一陣の風が音と一緒に吹き込んできた。僕もゴー君も――それにハルミさんも――開かれたドアに目を向けると、傘を小脇に抱えたミユキさんが立っていて、背後から吹きつのる風を受けて、コートの裾《すそ》をはためかせていた。

「今晩は」

その声もまた、風にはためいているように聞こえる。

ミユキさんが、〈オキナワ・ステーキ〉にあらわれたのは何年ぶりだったろう。少なくとも、この何年か訪れていないことはゴー君の様子から見てとれた。「いらっしゃい」ではなく、「ひさしぶり」とミユキさんに応《こた》え、ミユキさんは僕の顔を認めると、

「ああ、お腹すいた」

学生のころに戻ったような口ぶりになった。

店の壁と一体化した油まみれの時計が、あと十五分で午前二時になろうとしている。傘を抱えたまま隣の席についたミユキさんに、「あの」と声をかけると、

「ゴー君、ステーキ。二百五十グラム。レアで」

注文をしてから、

「なに？」

ついでのように僕の顔を見た。

「いや、お店の方はどうなったのかと思って」

「お店って？」

「あれ？　ミユキさんはロールキャベツのお店を開くんですよね」

「あ、決まったんだ」とゴー君はまだ詳しいことを知らないらしい。

「うん」とミユキさんは大きく頷いたが、それから急に首を横に振って、「無理無理無理無理無理」と低い声になった。このあいだ編集室に来たときとはずいぶんと印象が違い、背中を支えていた芯棒《しんぼう》が抜け落ちてしまったようだった。

「何か手伝えることがあったら」

と威勢よく云ってみたら、

「見られてるみたいで」

「そういうんじゃないの」

ミユキさんは大きく首を横に振った。

「気が散っちゃって、集中できなくて——その、なんというか——見られてるみたいで」

「見られてる？」

ゴー君が焼いている二百五十グラムの肉が、ジュウジュウと雨降りのような音をたてた。

「そう。見られてるし、追いかけられてるし」

「ストーカーですか」ハルミさんがさりげなく話に加わり、「え、なになに？」とゴー君は肉の焼ける音で聞こえないのか、こちらに身を乗り出した。

「いや、そうじゃなくて」

ミユキさんはさらに大きく首を振り「でも、そうなのかな」と弱々しく付け加えた。

「これまでにもあったんですか、そういうこと」

「ないです」ときっぱり答えたものの、「こっちへ帰ってきてから——」と最後の方はつぶやきになって聞きとれない。

「見られてるって、どんなときにです？」

「ふと、気づいたときにね。部屋の中にいるときはベランダの方から。外を歩いていたら後ろの方から。こないだは、〈バイカル〉でコーヒーを飲んでいたら、店の外からこちらを覗《のぞ》いてた」

「男の人ですか」

ハルミさんが、ようやくタイミングを見つけ、水をついだコップをミユキさんの前にさっと置いた。

「そう」とミユキさんは唇を噛《か》んでいる。

「知っている人なんですか」

ハルミさんが意識的なのか無意識なのか流し目になると、ミユキさんは急に何も云わなくなり、ちょうどステーキが焼き上がって、ライスを盛った皿と一緒にジュウジュウ音をたてながらあらわれた。

「いただきます」

ミユキさんは手を合わせてからナイフとフォークを握り、それまでの憂いが晴れたかのように目を輝かせていた。

「最高よ、夜中のステーキ」

僕らがそこにいることなど忘れてしまったように、なりふり構わず食べ始めた。

＊

次の日の昼に編集室へ向かう途中、なんとなく気になって、〈あおい〉の前を通った。

暖簾はしまわれたままで、店の改装が始まっている気配はない。

ゴー君の店を出て、「じゃあ」と帰ろうとするミユキさんに「送りますよ」と声をかけたら、

「いいの、ほっといて」

早口で断られた。

そもそも、ミユキさんは町に帰ってきたと云うけれど、どこに住んでいるのか分からない。とりあえず、両親のいる実家に戻ったのかと思っていたが、

「いま住んでいるアパートは誰にも教えたくないの」

昔からそうだったが、ミユキさんはこういうとき有無を云わせなかった。

「わたし、これから一人で生きて行くから」

「じゃあ、メールのアドレスだけでも」

「だって、太郎君はアルフレッドの編集室にいるんでしょう？　用があったら、こちらから会いに行くし」

そう云ってミユキさんは、「とにかく、ついてこないで」と捨てゼリフを残して足早に帰ってしまった。めげずについて行こうかとも思ったが、そうなると、なんだかこちらが不審者のようになってしまう。


編集室に着くと、ここのところずっとそうだったけれど、アルフレッドの姿がなく、大人しく寝ているモカの頭をひとしきり撫でて、手を洗って、うがいをして、コーヒーをいれて、テーブルについた。

ノート・パソコンの上に何か置いてある。

封筒だった。

表に、「太郎へ」とアルフレッドの字で書いてあり、中から、どきりとするような真っ白い便箋《びんせん》が滑り出てきた。

「本日のヒコーキに乗ります。モカをよろしく。アルフレッド」

愛用していたブルー・ブラックのインクで書かれていた。

気づくと、三月が終わろうとしている。三月は何もかもが終わっていく月だ。

夜中の十字路でミユキさんを見送り、置き手紙をひらいて、アルフレッドの旅立ちを見送り、ドアの向こうに冬の寒さを見送ろうとしている。

窓の外を見た。毎年、同じことを思う。

桜はまったく突然、咲き始める。自分がぼんやりしているせいだろうが、ほんの二、三日前までは何の色気もない枯れ木のようであったのに、ひと眠りして目覚めると、夢のつづきみたいに桜が咲いている。

咲いた花には風がつきもので、咲いた途端に風が吹いて、咲いたそばから次々と散っていく。もし、そこに何らかの因果があるのだとしたら、開花の予感は突然の風がヒントになる。

ミユキさんが〈オキナワ・ステーキ〉にあらわれたとき、それまで音沙汰《おとさた》のなかった風が急に吹いた。こちらの前髪まであおられ、ゴー君はおどけたようにのけぞって、ハルミさんは風に立ち向かうように顎《あご》をあげて目を細めた。

あのとき僕は、ミユキさんはついに「風」を呼び込んだのだと思った。彼女が心酔している「メアリー・ポピンズ」は云うまでもなく児童文学の主人公の名で、『風にのってきたメアリー・ポピンズ』『帰ってきたメアリー・ポピンズ』『とびらをあけるメアリー・ポピンズ』『公園のメアリー・ポピンズ』とシリーズで何冊かある。そのタイトルどおり、ミユキさんはついこのあいだ町に「帰ってきた」わけで、そのうえ、昨夜は「風にのってきた」かのようにあらわれ、ついには、ゴー君の店の「とびらをあけた」のだ。ミユキさんはメアリーを真似ているうちに、「メアリー」に含まれている言葉や現象まで引き連れている。

ついでに云っておくと、メアリー・ポピンズは映画化されたときに、名前から「ア」の一字が抜け落ちて、「メリー・ポピンズ」になった。

われわれがまだ中学生のとき、メアリーにかぶれたミユキさんの格好を見て、アルフレッドが面白がった。同時に彼は、Maryが「メアリー」になったり「メリー」になったりする日本語の表記を不審がっていた。原典の翻訳本は「メアリー」だったが、いまや、「ア」が抜けた映画の「メリー」の方が名を馳《は》せている。ミユキさんのコスプレもメアリーやメリーを真似ているというより、映画でメリーに扮《ふん》したジュリー・アンドリュースの衣装を真似ていた。となると――これはミユキさんには内緒だが――彼女が踏襲している女性の名は、もはや、「ジュリー・ポピンズ」と呼んだ方が正しい。

僕としては、図書室の棚に並んでいた「メアリー」に思い入れがあり、省略されたような「ア」の欠落は、メアリーがコートのポケットから手袋を取り出したときに、うっかり「ア」の一字を取り落としてしまったような残念さがあった。

窓の外のまだ枯れ木のような桜から風を読もうとしても、吹いているのかいないのか、部屋の中からは分からない。

僕はアルフレッドがいなくなってしまったことを受け入れられず、「ア」の消失をめぐって、どうでもいいような考察を頭の中のノートに書き連ねた。

しかし、その消えてしまった「ア」のひと文字は、アルフレッドが署名代わりに原稿の末尾に書いていた（ア）の一字を思い出させる。

この先、自分ひとりで〈流星新聞〉を発行していくとなると、その紙面から、アルフレッドの（ア）の一字が消えてしまうことになる。これまで、どれくらいの（ア）が紙面のあちらこちらに置かれていたことか。それは、ひろげたシーツが風に飛ばされないよう、要所要所に置かれた、重しのようなものだった。

たとえ安物であっても、腕時計の針は確実にまわって時を進める。

地球をまわしていく時間が前に進むから腕時計の針がまわるのではなく、僕の安物時計が時を刻むので、この世界も前へ進んでいくのだ。

どうしてか、そんなふうに感じる。

これは時計をしているか、していないかには関係なく、それが高級か安物であるかも関係ない。時計などなくても自分は前へ進んでいくしかなく、それはもう、とっくに始まっていて、いったん始まったら、まわりつづける秒針の動きに従うしかない。

しかしそうするうち、ふと花が咲き始める。咲いて散って、また咲いてを繰り返し、咲いて散って、また咲いてが続いて、決して、消えてなくなりはしない。

桜はこの季節のほんの短い時間の中で、そのことを懸命にこちらへ伝えようとしていた。

だから、アルフレッドもいつか必ずここへ戻ってくる。

そう思う間もなく、玄関にアルフレッドが立っていた。

いや、そうじゃない。

「ピアノを借りていいですか」とバジ君の声が響き、彼はいつものように八十五パーセントくらいに自分の魂を縮めていた。はずかしそうに、申し訳なさそうに部屋に入ってきて、音をたてずにピアノの前に座って一礼する。

一刻も早く調律が必要なピアノだった。調律が必要なのは楽器だけではなく、楽器を奏でる者と、それを耳にした者の体の中にある、いくつもの秒針を整える必要があった。少なくともバジ君の歌はそれを可能にし——いや、バジ君はまだピアノの前に座って目を閉じているだけなのだが、すでにもう音楽は始まっていて、桜が咲く前に吹き始める、あの因果な風がバジ君のまわりに吹いていた。その小さな嵐を鎮めるべく彼は歌い始める。

歌をめぐって、彼が語った言葉を反芻《はんすう》した。

「自分の歌は全部、ねむりうたです」

それはいつでも甘い歌だった。たとえば、アルフレッドがでたらめにピアノを弾き出すと、モカが起き出して不満げな声をもらす。でも、バジ君の奏でるピアノの音にはうっとりと聴き入り、だらしなくよだれを垂らさんばかりで、それはおそらく、僕自身の姿でもあっただろう。

なるほど、これは「ねむりうた」だと眠りに誘われ、しかし、なぜか頭はよく冴《さ》えて、本当はひとつも眠くはない。僕はおそらく、バジ君の「ねむりうた」に完全に取り込まれ、眠りの世界で、ものすごくクリアな夢を見ていた。

歌を聴くうちに窓の外が明るくなってきたような気がする。

（そうか、もう陽が傾いて西陽がさしてきたのか）

と外を見ると、そのわずかなあいだに遊歩道の桜が咲き始めていた。

まだ満開ではない。

たったいま咲き始めたばかりで、さて、バジ君が部屋に入ってきてからどのくらいの時間が流れたのか。僕の安物時計を信じるなら、およそ一時間といったところだ。

時計の風防ガラスが汚れていたので、指先でぬぐって曇りをとろうとすると、いつのまにかピアノの音が途絶えてバジ君の姿がそこになかった。いまいちど時計をあらためると、さらに一時間が過ぎている。

どうやら、本当に眠ってしまったようだった。

バジ君の誘う眠りはいかにも鮮明で、あまりにはっきりしているので、体は眠っているのに頭が眠っていない。眠る前に考えていたことが眠りのあいだもつづいている。

夢の中でそうしたように、窓の外の桜を眺めると、白い小さな蕾《つぼみ》がいくつもふくらみ、花もまた、ひとつの夢から目覚めようとしているかに見えた。

＊

そうして花はいつでも魔法が解けたように生き生きと咲いていく。目をはなしていた隙に数えきれないほど蕾がはじけ、はじけたそばから、ひとつふたつと花びらが風にさらわれていく。流れている時間は速いように見えてゆるやかで、おだやかでありながらも、ときに暴力的だった。花の下に集まる人たちもまた同じで、慎ましやかに花を愛でつつ、胸の奥でざわつくものを抑えきれない。

「花の下では、誰もがアニマルになります」

アルフレッドが、毎年、そう云っていた。

それで彼は花が咲いているあいだは、表に出してあった「ドウゾ、ご自由に本をお読みください」の立て看板を部屋の中にしまい込んでいた。ついでに、ブリキの星も引っ込めて、一年の埃《ほこり》を払う。

花見客がぐんと多くなる週末にはドアに鍵をかけ、そうしないと、胸の奥をざわつかせた老若男女が、酒と花に酔いしれて編集室になだれ込んでくる。酒に酔った頭は、そのうち醒《さ》めるだろうが、花に酔った心はなかなか鎮まらない。

アルフレッドのひそみにならって、僕は週末の朝から編集室のドアに鍵をかけた。部屋の照明をすべて落とし、桜の花が二十ワットの電球に匹敵すると知っていたから、花に映えるほのかな光を頼りに机に向かって読んだり書いたりした。

とはいえ、花が咲いているあいだは仕事がはかどらない。長いときは十日ほどつづき、年によっては、風と雨が暴れて、「三日ですべて散ってしまったこともあった」とアルフレッドから聞いたことがある。

散ってしまえば、それでもう人はやって来ない。

でも、咲いているあいだは縁日のようだ。

皆、笑っていた。花が咲くと人も咲く。もちろん、僕も人の子だから、花が咲けば、子供のころのように心が浮ついて、そのうち、外の空気を吸いたくなる。

窓の外を行き来する花見客の中に伊藤さんの顔を見つけた。通りへ出て声をかける。伊藤さんは三丁目の自転車屋の大将で、一年に二度、〈流星新聞〉に広告を掲載してくれるお得意様だ。僕の倍の年齢で、言葉はいまひとつ通じていなかったが、アルフレッドと妙に気が合っていた。

「おう、太郎君」

伊藤さんはビールで鼻の頭が赤くなっていた。

「アンタんとこのボス、田舎に帰っちまったんだって？」

「ええ」と頷きながら、（どこから伝わったんだろう）と何人かの町の住人の顔を思い浮かべた。たぶん、おでん屋の良さんか、〈バイカル〉の椋本さんだ。ミユキさんが〈バイカル〉でコーヒーを飲んだと云っていたから、そのときに伝わった可能性が高い。

「残念だなぁ」と伊藤さんはそう云いながらも、まったく残念そうではなかった。生まれながらの恵比須《えびす》顔で、泣いていても笑顔に見え、葬儀に参列するときは、いちばん後ろの席に追いやられる。

「なんていうか、アレだな、あの人が、あの新聞を続けてくれたから、俺らみたいな者でも報われたんだよ」

伊藤さんは——たぶん本当に——笑いながらそう云った。

「だって、そうだろう。俺らは歴史の本には残んないんだからさ。死んじまったらそれまでだよ。だけど、あの人は、俺らが笑ったり泣いたりしただけで記事を書いて残してくれた。まぁ、俺の場合は、泣いたときも笑ったことになっていたけどね」

伊藤さんだけではない。この日、僕は金物屋の野口さんとひさしぶりに話し、耳鼻咽喉科の坂田さんと笑い合って、花屋の榎本さんと乾杯した。皆、伊藤さんと同じようなことを云っていた。彼らが話している相手は僕なのだが、実際のところ、僕の中に引き継がれているアルフレッドに感謝していたのだと思う。

それにしても、週末の花見客は深夜になっても、なかなか引きあげなかった。さすがに大きな声をあげる酔客はいなかったが、いつもは静まり返っている窓の外に何人もの気配があるので、気が散って仕事にならない。

〈オキナワ・ステーキ〉に避難することにした。

もしかして、花見客が帰りがけに立ち寄って、席が空いていないかもしれないと危ぶんだが、先客はただ一人きりで、静かにカウンターの隅でステーキを食べていた。

「なんだ、太郎か」

ゴー君も同じことを考えていたらしく、当てにしていた客があらわれないので、いつになく声が眠たげだった。

「もう、しんどいわ」の決まり文句も一段と重々しい。

しかし、「いや、あのさ」とゴー君は目くばせをしながら、「すぐに見てはダメだぜ」と、ほとんど聞きとれないくらいの小声でカウンターの隅の客をそれとなく指差した。

「ここんところ、二日おきにやって来てステーキを食べて帰る。太郎、知ってるか、あの男」

すぐに見るな、と云われたので、あくびをするふりをして首をまわしたが、視界の端に見えた男の顔に見覚えはなく、しかし、その表情には、ひと目見たら忘れられない険しさがあった。

「なんか怪しいんだよ」とゴー君は眉をひそめている。

ステーキを食べ終えた男が店を出て行くと、外からバイクのエンジン音が聞こえて、

「カ、ワ、サ、キ」

ゴー君が声に出さずに口の動きでそう伝えた。

僕はまだ食べている途中だったけれど、ナイフとフォークを置き、唸《うな》りをあげるエンジン音を追うように表へ出て、走り去っていく後ろ姿を見た。

男は姿勢良くカワサキのバイクにまたがり、排気筒から青白いガスを吐きながら、南に向かって、まっすぐ走り去った。

流星シネマ

鯨の眠る町

Gō

もしかして、神様は読み誤ったのではないだろうか。

どうして、春の到来を告げる強風が吹くときに、わざわざ花を咲かせるのか。おかげで、桜は咲いたそばから散ってしまう。

それとも、風がいちばん強くなるときを、あえて、開花のときに選んだのか。

そう云えば、桜がおだやかな雪のように風に舞い散っていると、矛盾する云い方になるけれど、散っていくのを見届けることで、花の命を実感できるように思う。それは、おおむね「うつくしい」という感嘆になり、ときおり、ぞっとするようなものを、こちらに覗かせる。

あらかた花が散り終えた四月のある日。夕方だった。次号の記事をまとめ、食事をとるために編集室を出て遊歩道を歩いていた。

夕方の青い空気に染まったアスファルトに、一ヶ所、別の何かが覗き見えていた。何か白いものが光っている。電灯の輝きではない鈍いもので、気にとめなければ見過ごしてしまうようなものだった。

なんだろう。

昼から覗き見える白い歯に似ていた。大きさは小指の先ほどで、ちょうどアスファルトに小さな裂け目が生じて、そこから亀裂《きれつ》が走っていくような予感がよぎる。


ひとつの記憶がよみがえった。

小学生のときだ。ゴー君と給水所の向こうにある〈図書館の森〉へ出かけたときのこと。〈図書館の森〉というのは、子供たちのあいだで云い交わされた呼び名で、本当は舌を噛むような堅苦しい名前がついていた。区が管理している公園で、ガケ上よりさらに高いところに位置する小山に、銀杏《いちょう》や桜や杉といった樹木が立ち並んでいた。

そのころはまだ牧歌的な印象があり、いまのように整備されていなくて、プールやテニスコートといったものはまだなかった。野生が匂う森がそのまま生き生きとあり、子供たちが野球をするための正方形のフィールドと、近隣の愛犬家たちに開放されたドッグ・ランと遊具場があった。

森の西のはずれには区営の図書館があり、僕とゴー君は図書館に本を借りに行ったり返しに行ったりするのに、森をななめに横断して行った。いや、「横断」は口実で、どちらかというと、図書館へ行くのはついでであり、森の中で何をするでもなく、とりとめのない時間を過ごすのが目的だった。

森と云っても、その実態は都会の中にそこだけ塗り残された雑木林だ。はてしなくつづくような本物の森に比べたら、ずいぶんと可愛らしい。それでも樹々に囲まれていると、小さな気がかりや、つまらないいざこざが浄化されて、(そんなことは、もうどうでもいい)と思えた。

子供のときもいまも、ゴー君とあらたまって森について話したことはない。だから、ゴー君がどう思っているか知らないけれど、彼にとっても、森はそのような装置として機能しているに違いなかった。いまでも彼と話していると、「今日、森へ行ってきた」というセリフに出くわす。

でも、僕はあるときから、あまり森へ行かなくなった。

たぶん、骨を見てしまったからだ。

そのとき、突然、雨が降ってきたのだ。夏が始まる前のこと。森にいて、雨が降ってきたときは、まず雷に注意する。都会であっても——いや、都会だからこそ、森の中の背の高い樹に落雷がある。たまたま近くを通りかかった親子がそろって命を落としたことがあった。

以来、僕とゴー君は森にいるときに雨が降ってきたら、どこに身を隠すか、あらかじめ決めていた。それは森の中心にいまもある遊具場で、その一角に設けられた〈穴くぐり〉と呼ばれるトンネルの中だった。〈穴くぐり〉というのも、やはり子供たちが勝手に名づけたもので、正式に何というのかは知らない。直径一メートル、長さ五メートルほどのコンクリートの土管で、単にその穴をくぐり抜けて楽しむという他愛のないものだ。

遊具場には、他にもジャングルジムや鉄棒やシーソーといったものがあり、〈穴くぐり〉を含む、そうした遊具を使って鬼ごっこをするのが子供たちの定番だった。

でも、雨が降ってくると、子供たちはさっと身をひるがえして、遊具場から走り出ていく。

そのときも人影はなく、僕とゴー君は取り決めどおり、〈穴くぐり〉の中に走り込んで雨宿りをした。僕が先に土管に潜り込み、そのあとゴー君がつづいたが、「痛いっ」と背後から声がした。振り向くと、ゴー君の左手の中指の根もとから血が滴っている。ゴー君は右手で自分の目を覆いながら、「痛い痛い、やばいやばい」と口を歪《ゆが》めていた。だから、ゴー君はそのときの自分の怪我《けが》を見ていない。ゴー君の手をとって傷の具合を確かめようとしたとき、血はそれほどでもなかったが、中指の第二関節から下の一センチほどが割れたような裂傷を負っていた。

傷口の奥に白いものが見えた。

骨だった。

「土管の手前にガラスのかけらが転がっててさ、そいつを踏んだら、跳ね上がって――」

ゴー君は目を覆ったまそう云った。

僕はそのとき、生まれて初めて人間の骨を見た。青白く輝いて見え、瞬間的に（うつくしい）と感じた。他に言葉が見つからず、まずは（うつくしい）と感じ、その三秒後に、なぜか自分の指まで疼《うず》き始めて、それから恐怖に包まれた。

「なに？」

ゴー君がステーキを焼いているとき、彼の指の傷あとを見つめている僕に気づくと、

「いや、なんでもない」

急いで視線を外す。

あのとき、幸いにもすぐに雨がやんで、森からいちばん近い病院に二人で駆け込んだ。僕は森で起きたことが、図書館から借りてくる「遠い外国で書かれた物語」のように感じられた。

けれども、森から出て病院へ向かう雨上がりの町はいつもの町で、電信柱があって電線が走り、家々の表札には見慣れた名前が並んでいた。道路には水たまりが点々とあり、家々の向こうには十階建てのマンションが見える。そのさらに向こうには車の行き交う幹

線道路があり、耳を澄ませば、車の音が途絶えることなく聞こえてきた。

本の中の物語と、いつもの町が隣り合わせていた。

逆に云うと、これまで本で読んできた物語は、いつでも自分のすぐ隣で——いや、自分の町の中でも起こりうるのだと気づいた。

それだけではない。

ゴー君の体の中や自分の体の中に、あんなにも綺麗《きれい》な白い骨があることを、そのとき初めて確かなものとして知った。

夕方のアスファルトに見つけた白い亀裂は、ちょうどあのときのゴー君の白い骨のようで、僕はその場に立ち尽くして、しばらく、どうしたものか考えていた。

意を決して、夕闇に目をこらしてみると、それは、桜の花びらがアスファルトの亀裂にこびりついたもので、ひざまずいて亀裂に人差し指で触れようとした途端、どこからか風が吹いて、ひらり、はらり、と消えてしまった。

＊

もし、空腹をいやしたいと思い立った時間が深夜に差しかかっていれば、迷わず、ゴー君の店へ行く。でも、時間がまだ浅いときはいくつか選択肢があり、いくつかある中の比較的よく行く店として、〈バイカル〉があった。

〈バイカル〉は個性的な店で、それはつまり、店主の椋本さんが個性的な人であるからだ。たぶん、誠実な人である。たぶん、几帳面《きちょうめん》な人で、たぶん、研究熱心な人だ。「たぶん」がついてしまうのは、どことなく謎めいたところがあるのと、ときどき、とんでもない思い違いをするときがあるからだ。

話し始めると、よどみなく的確な意見を述べる。皆が知らないような知識を披露し、しかし、普段はめったに口を開かない。黙々とカウンターの中で名物のロシアン・コーヒーをいれ、もうひとつの名物であるバイカル・カレーを大鍋で仕込んでいる。

「カレーをお願いします」

僕は椋本さんの定位置から離れたカウンターの隅の席を選んだ。静かに考えたかったし、このところ、たてつづけに自分の身に起きたことを整理したかった。

まず、ミユキさんが町に帰ってきて、アルフレッドが帰国することになり、それから——そうだ、ガケ上のカナさんの家に招かれて、「あなた、シを書きなさい」とけしかけられた。

でも、そうした自分の身に起きたことばかりを考えているわけにはいかない。

僕は新聞を作っているのだから、この小さな町で起きたことや、いままさに起きていること、さらには、これから起きようとしていることについて、見たり、聞いたり、考えたりしなくてはならない。

ましてや、そうしたことに長《た》けていたアルフレッドがいなくなってしまい、はたして、自分ひとりでどこまで出来るのかと考えると、森の中で雨が降ってきたときのように心もとなくなってくる。

店の中は、すでにスパイシーなカレーの香りに充《み》たされていた。

椋本さんが、「お待たせしました」と目の前にカレーを盛った皿を置くと、香りは鼻から頭のてっぺんまで駆けのぼって、どうしてか、昔の時間へ戻される。

僕は子供のころに〈バイカル〉に来たことはない。この店でカレーを食べるようになってから、まだ十年も経っていない。僕の感じる「昔の時間」は十年より前で、では、どのくらい前なのかと訊かれても、すぐには答えられない。

なんというか、記憶のいちばん底の方にあったものが、いきなり頭のてっぺんまで駆けのぼってくる感じだ。

それはスプーンですくったカレーのルーとライスが自分の口もとまで来たときにピークに達し、最初のひと口を食べるころには、まわりの世界が遠のいて、ただひたすらカレーを食べている自分の姿がそこにある。

僕はこれをひそかに「バイカル・カレーのエスケープ」と呼んでいた。食べているあいだは、しばし、世の中からエスケープできる。そのあいだに人類が滅亡して世界が終わっても、おそらく気がつかない。

ところが、(おや?)と視界の端で動く人影が気になり、カレーを口に運んだ手がとまって、その人物とカウンターの中にいる椋本さんとを見比べていた。いつから、その人がそこにいたのか知らないが、椋本さんの正面のカウンター席に座って、椋本さんと小声で話している。

「やっぱり、まだ見つからない」

その横顔が椋本さんによく似ていた。

「そう簡単には出てこないだろうね」

答えた椋本さんと聞き分けられないほど声も似ている。カレーのエスケープから現実に戻ってくるのが、うまくいかなかったのか。そんなはずはないのだけれど、二人の椋本さんが話し合っているように見えた。

「あの」と、つい、その人に話しかけてしまい、

「はい？」とその人がこちらを見ると、横顔だけではなく、正面から見た顔立ちも、まったく同じだった。

「ああ」とカウンターの中の椋本さんが何ごとか思いついた様子で、「太郎さんには紹介したことがなかったですね——弟なんです」

そう云うと、その人——弟さんが、「弟です」と、まるで「オトート」という名前であるかのように会釈をした。

「こちらは太郎さん」と椋本さん——の兄の方がオトートさんに僕を紹介し、「〈流星新聞〉という新聞をつくっていらっしゃるんだ」と相変わらず椋本兄は丁寧な言葉づかいだ

った。

「新聞ですか。それはまた興味深いお仕事です」

椋本弟もまたじつに丁寧である。

「いや、新聞といっても、いわゆる、あの新聞ではなくて」

説明をしようとしたが、食べかけのカレーが冷めてしまわないか気がかりで、それ以上、何も云わないことにした。

すると、こちらの思いを汲《く》みとったかのように、椋本兄弟はすぐにまた自分たちの会話に戻り、「見つからない」とか「そのうち、きっと」を、しきりに繰り返した。

こうなると、カレーに集中するのはいよいよ難しく、いつもの「エスケープ」に至らないまま食べ終えてロシアン・コーヒーを飲んでいたら、

「二百年前の方は見つからなくても、二十五年前の鯨の方はね」

椋本兄が、そう云っているのが聞こえた。

（二十五年前の鯨）

それは、僕が五歳のときに川へ迷い込んできた、あの鯨に違いない。

「今日、ひさしぶりに持ってきたんだけど」

椋本弟が、かたわらに置いてあった革のカバンの中を手探りし、「ほら」と三十センチほどの細長い紙箱を取り出した。

「ぼくが持っていても死蔵してしまうだけだから、この店に飾ったらいい」

「あ、それはいいかもしれないね」

椋本兄がそう応えたところで、「あの」と話しかけてみた。

「はい？」と二人が同時にこちらを向く。

「いや、あの、二十五年前の鯨というのは、あの川に迷い込んだ――」

話し終えないうちに、椋本弟が、「そうです」と頷いた。

「じつはぼくは、そっちの方の研究をしていまして。あ、そっちの方というのは」

「鯨じゃなくて考古学です」と兄が後を継いだ。「ま、素人に毛が生えた程度ですが」

「いえ、学者から毛が抜けたくらい、というのが正しいところで、いちおう仕事として続けていますが、ここ最近は、もっぱらゲーミン町の研究が中心です」

「ゲーミン町？　ですか」

「あ、ご存知ないですか。昔、この一帯はゲーミン町と呼ばれていたんです。記録に残されているものがほとんどないのですが、ぼくが思うに、ゲーミン町がこの町の本来の名で、いつからか、いまのつまらない町名に変わってしまったんです。まぁ、そんなふうに名前が変わってしまった町はいくつもあるんですが、ゲーミン町と呼ばれていた期間があまりに短かったので、資料として残されているものが、ほとんどないんです」

「そうなんですね」

これで記事が一本書けるかもしれないと、俄然《がぜん》、興味が湧いてきた。

「ゲーミン町というのは、鯨が眠ると書くのですが」

〈鯨眠町〉と僕は頭の中に文字を書いた。

「この名前だけで考古学的な価値があります。この名前から始めて、この町に古くから伝わる鯨の伝説を、ぼくはすっかり解き明かしたいのです」

「それは、あの――」

こちらが訊こうとしたことを弟さんは分かっているようで、「二百年前のです」と先まわりするように答えた。

「この町には、二百年前に、いまの暗渠になっている川へ海から鯨がやって来たのです。その証拠となるものを探しているんですが」

「見つからないんですね」

「ええ。しかし、必ず見つかると思います」

「いまさっき、二百年前の方は見つからなくても、二十五年前の鯨の方は、とおっしゃってましたが」

「ええ」

弟さんは手にしていた紙箱をこちらへ差し出した。

「これがそうです。どうぞ、中をご覧ください」

僕と弟さんの席は三席分離れていたのだが、彼はカウンターの上にその箱を置き、僕の手もとへ目がけて、すっと滑らせた。箱は音もなくカウンターの上を滑り、ちょうど僕の目の前に届くと、箱の蓋《ふた》に「特上羊羹《ようかん》」と刷られたラベルが貼られていた。「特上」というのは、味もさることながら、普通に想像される羊羹よりひとまわり大きなサイズなのだろう。そんな大きさの箱の蓋を、何の感慨もなく、まさに菓子箱をあけるくらいの気安さで開いてみると、中には黒いビロードのクッションが敷かれ、その上に羊羹ではない白いものが寝かされていた。

骨だった。

大きさはリレーのバトンくらいだろうか。

「これが、あのときの鯨の骨ですか」

「太郎さんはあのとき、川へ見に行かれたのですね」

「いえ」と僕は急いで首を振った。「まだ五歳かそこいらでしたから、よく覚えていないんです。でも、母の話ではそうだったようで、僕が川を見たときには、もう鯨はいなくなっていて、誰かが『海へ帰った』と云っていました」

「ええ、そういうことになっているんです」

「そういうことに?」

「鯨はおそらく力尽きたのでしょう。海へ戻れなくなって、川の中で絶命したのです。これは、そのときの――埋葬する前に解体して取り出した胸椎《きょうつい》骨の一部です」

*

〈バイカル〉から編集室に戻ると、消していった灯りがついていて、(ミユキさんかな)と遠目にはまずそう思った。必ずそうしているわけではないけれど、留守のあいだに本を読みにくる人がいるかもしれないので、「そういうときはカギをあけておきましょう」とアルフレッドが決めたのだ。

いまさら本を読みにくるとは思えなかったけれど、なんとなく、ミユキさんが来るかもしれないと見越して、鍵をあけたままにしておいた。留守中に、バジ君がピアノを弾きにくることもあり、外出先から帰ってきて、編集室に近づくにつれ、ピアノの音が少しずつ聴こえてくるのはなかなかいいものだった。

が、今夜はピアノの音はなく、灯りのつけ方が控えめで、そうなると、暗いのが苦手なミユキさんではない。

(誰だろう)

「来てみました」

それは意外な来客だった。

「あなたがどういうところで机に向かっているのか、一度、見ておきたいと思って」

三十ワットのフロアスタンドをひとつつけただけの編集室に、ほのかに甘い煙草の香りが漂っていた。

テーブルの端の席に、白いシャツを着てこちらを見ているカナさんがいた。

髪の毛の一本一本が輝いているようで、部屋の暗さも手伝っていたが、そうして、そこに座って煙草を吸っているカナさんは、煙草を吸っていなければ、まったく中世絵画の中の女神に見えた。

いちおう編集室は禁煙ということになっているのだけれど、そうしたルールをわざわざ壁に貼り出しているわけではないし、灰皿も用意してある。

「とっても、いい部屋」

カナさんは気持ちよさそうに煙草を吸い、気持ちよさそうにゆるゆると煙を吐き出した。煙草を吸わない僕からすると、何やら魔法のように見える。

「ときどきね、わたしはこういうところで机に向かって、考えたり書いたりする自分を想像していました」

「カナさんは詩を書かないんですか」

「そうね」カナさんは短くなった煙草を灰皿にぐりぐりと押しつけた。「わたしは、長いあいだ詩人になりたかった人で――でも、なれなかった人なの。わたしには、いつまでも両親の死が染みついていて、どうしても、そこから逃れられなくて」

大きな手のひらを自分の頬《ほお》にあてた。

「死を書くことがこわかったの。分かる？　死よ。詩じゃなくてね。でも、それを書かないことには、わたしの詩はどこまでいってもニセモノでしかない。詩というのはね、書くこと自体が自分の言葉を見つけていくレッスンのようなものだから、こわがっていたら、何も始まらないの」

「そういえば――」

いまこそ、疑問を確かめるときではないかと思われた。

「カナさんが僕に云った、シを書きなさい、という言葉の意味なんですが、あの『シ』は、死のシなのでしょうか、それとも、詩のシなんでしょうか」

「どっちも同じよ」

カナさんは少し笑っているように見えた。

「同じ響きを持った言葉は、どこか底の方でつながっているんじゃない？　わたしはそう思っています。詩はいつでも、その背中に死を背負ってる。そうじゃなかったら、ただの茶番にしかならないもの。わたしはそう思ってる」

「かと云って、わたしは何も、あなたに殺人事件を書きなさい、と云っているのではないの。追悼文を書きなさいと云っているのでもない。だって、そのふたつは新聞の記事として、いくつも書いてきたでしょう？　そういうことではなくて、死を書くというのは、いまはもうここにいない人の声を聴くことなの」

「それはね、単に死んでしまった人たちの声ということではなくて、わたしたちが、いま、こうして生きている世界に存在していないもの、確かめられないもの、見たり聞いたりできないもの、そういったことすべて――だからそれは、たとえば、桜の樹の声というふうに考えてもいい」

「桜がどんな声で、どんなふうに話すのか、その声を聴いて書きとめておく。あなたは、そういうことをしたことがないでしょう？　この机に向かって、ずいぶん沢山の言葉を並べてきただろうけれど、それはどれも、この町で起きた本当のこと。生きている人たちの、生きている声を書きとめて記事を書いてきた。それはもちろん、とても大事なことです。だから、それはこの先もつづけてください」

「でも、それだけではもったいない。わたしたちが生きて暮らしている世界がここにこうしてあるということは、わたしたちのいない世界――わたしたちの行ったことのない知らないところがあるということです。その世界のことを一度も考えたり書いたりすることなく、こちらのことばかり考えて暮らしていくのは、じつにもったいない。わたしがあなたに、シを書きなさいと云ったのは、そういう意味です」

＊

「では、わたしは帰ります」とカナさんが編集室を出て行ったあと、しばらく頭がぼんやりして何も考えることができなかった。

きっと、考えなくてはならないことが沢山あるのだろうし、いま考えれば、これまで停滞していた何かが前へ動いていく――そんな予感があった。

にもかかわらず、部屋の中に残った甘い匂いと煙草の煙がひとつになった香りが体に浸透し、考えようとするこちらの思いを溶かして、形のないものにしてしまう。

(外の空気を吸おう)

僕の腕時計は安物だ。だから、正しい時間は分からない。

じきに日付が変わろうとしていた。

地球がまわっている。

毎晩、毎晩、この二十三時五十九分を超えて、明日になろうとする。そのたった一分で今日は明日に移りゆき、その瞬間、明日だったものが今日に変わる。


暗渠の上に咲いた桜は、見事なまでにひとひらも花がのこっていなかった。夕方のアスファルトにこびりついていた一片が最後のひとひらだったのかもしれない。

この暗渠がまだ河川として流れていたとき、そのころから桜はあって、川面《かわも》が桜で埋め尽くされて白い川になった。

その白い川がすっかり流され、雨の季節が続いて、ときには水の量が増し、川はおそろしいような音をたてて流れるときがある。ところどころで渦を巻き、いまそこにあったものを、すべて巻き込んで海の方へ流れてゆく。

（あの日もそうだった）

夏が近づいてきたあの日の川は、水が荒れ狂い、化け物のようになって、すべてを呑《の》み込んだ。
（行くぞ！）
あの声が、水のうねる音の向こうから聞こえてくる。

流星シネマ

森の奥のいちばん静かなところ

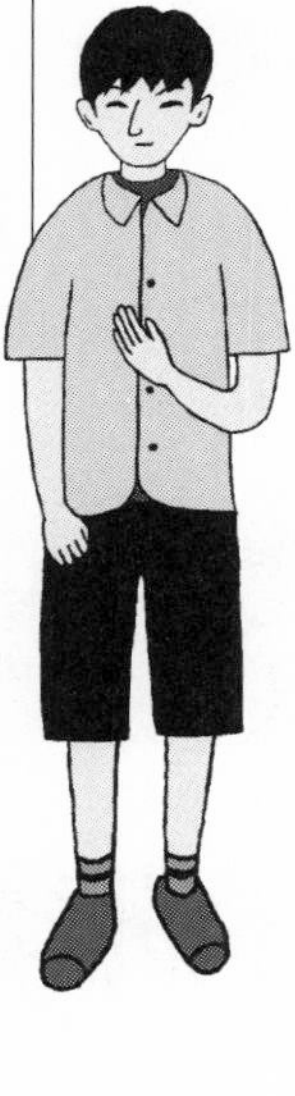

Akiyama

鯨が川をさかのぼってきた話は子供のころの淡い記憶としてあった。でも、それを「いま」につながる確かなものとして実感したのは、中学二年生の夏が始まる前だった。

「調べてみたんだよ」

アキヤマ君がそう云った。

彼は転校生で、いまになって思えば、彼が転校生であったことが、あの日起きたことの始まりだった。彼は僕らが中学二年生になった春に転入してきて、たちまち、クラスの人気者になった。なにしろ、スポーツ万能で頭がよかった。

そして、あの声だ。なにより彼は声がよかった。顔も充分にハンサムであったけれど、その声だけでも男前だった。女子はもちろん、男子のわれわれも彼の声に、皆、魅了されていた。

「今日はいい天気だね」

彼が云うと本当にそう思えた。天気がいい、ということが特別なことに感じられた。もしかすると、彼と同じくらいの運動神経と頭の良さをあわせ持った生徒は他にもいたかもしれない。でも、彼は同学年だけではなく上級生の関心まで集めた。

それは、転校生という特殊な存在がもたらしたものだったかもしれない。

僕たちはいつでも他人が自分のことをどう思っているか知りたかった。「他人」とは、ガケ下の町の外から来た人という意味で、別の所で育った別の考えをもった人が、この町で育った僕たちをどう見るか——それを知りたかった。

アルフレッドが町の人たちに気に入られたのも、おそらく同じ理由によるものだ。外から来た別の考えをもった男が、自分たちの町や自分たちの生活や人生をどう評価するか。アルフレッドが書く記事を、「読みたい」と町の人々は誰もがそう思っていた。

さらに視点を変えて、他所《よそ》からこの町へやって来た者の思いを想像すると、この町がどんなところであるのか、「知りたい」という欲求が高まっているようだった。

事実、アルフレッドもアキヤマ君も、もともと勉強熱心ではあったのだろうが、アキヤマ君は転校して来るなり図書室に入りびたり、町や町のまわりの区域について書かれた本を真っ先に読んでいた。

そんな姿をミユキさんが見逃すわけがない。

「読書部に来ない？」

すぐにアキヤマ君に声をかけた。

「ええ、もちろん、ぜひ」

アキヤマ君は即答したが、そのさわやかな返答ぶりも、ミユキさんは大いに気に入ったらしい。

それまでは、僕とゴー君と三人で学校の帰りに森の向こうの図書館へ通っていたのに、アキヤマ君があらわれてからは、彼と二人で図書館へ行くようになった。だから、僕とゴー君のアキヤマ君に対する思いは、最初のうち、限りなく嫉妬《しっと》に近いものだったと思う。ただ、そのときの感情を憶測でしか云えないのは、僕もゴー君も、すぐにアキヤマ君と仲良くなってしまったからだ。

彼があの声で、

「アキヤマといいます、いろいろ教えてください」

大人っぽい口調でそう云ったのと、そのときの彼のひとつも嘘がない笑顔が、いまもそのあたりにぼんやりと浮かんでくる。

「いろいろ教えてください」

アキヤマ君はそう云ったけれど、彼に教えてあげられることなど、ほとんどなかった。あとで知ったことだが、彼は僕たちより歳がひとつ上で、ということは、入学が一年遅れたか、あるいは、いずれかの時点で同じ学年を二度繰り返したことになる。

どんな事情があったか知らないが、何にせよ、彼は僕たちよりも、はるかに様々なことに通じていた。単なる知識にとどまらない経験に基づいたもので、たとえば、彼は自動販売機の下のわずかな隙間《すきま》に、誰かが落とした硬貨が転がり込んでいるのを知っていた。

森の中で石と植物を使って火をおこす術《すべ》を知っていた。じつに手慣れていて、ずっと、そんなふうにして生きてきたように見えた。ライターもマッチも使わずに火をおこせるのは、当時の僕らにしてみれば奇跡に等しい。そうしたことを大人に教わったことがなく、ようするに、僕らにはそうした経験がなく、彼にはそれがあった。

「島で暮らしていたんだ」

彼はそう云った。

もし、その情報を先に知っていたら、彼のことをどう捉えていたか分からない。

でも、そうした来歴を知る前に、彼は島の生活で習得したと思われる特別な知恵を次々と披露してみせた。

太陽の位置で方角を知る方法。

風の吹き具合から雨の予兆を察する方法。

絶対にはずれないロープの結び方。

決して疲れることなく、長時間、泳ぐ方法――。

そうしたことを体で覚えた上で、彼は図書室や図書館でさらなる知識を蓄えていた。

重力とはどういうものなのか。

「モラトリアム」とは何のことか。

タイムマシーンを実現するのは可能か。

「パラドックス」という言葉の意味は何か――。

彼はなんでも知っていた。

だから、僕らはあのとき――あの年の五月の終わりに、彼が「舟をつくろう」と云い出したことに何の驚きも感じなかった。

そのころにはもう、彼は〈図書館の森〉を我がものにしていて、彼の頭の中には、森に生えている樹々の一本一本が、しっかりインプットされていた。

皮膚がかぶれてしまう毒性をもった草がどこに生えているか。どこに危険な急斜面があり、どこにモグラの巣があって、どこに川の支流につながる水路があるか。町の大人たちの誰よりも精通していた。

「森のはずれの水路につながるところに、使わなくなった物置小屋がある」

アキヤマ君が、ある日、そう云った。

「鍵がかかっていなかったんで、中を覗いたら、ボロボロになった小さな舟があった」

「舟?」と僕とゴー君は声を揃えた。

「昔は川を管理している人がいて、その小さな舟で水路から支流へ出て、川の掃除をしていたんじゃないかな」

アキヤマ君がそう云う以上、たぶん、それで間違いなかった。

「あのあたりはちょうど人が来ないから、あの小屋を僕らの秘密基地にして、舟を直して使えるようにしよう」

「で？」とゴー君が不安と期待が入り混じった声で訊いた。「直して、どうするの」

「どうするって、それはもう海へ出るに決まってるじゃないか」

アキヤマ君は屈託のない笑顔になった。

「水路から支流へ出て、支流から町を流れている川の本流に出る。そして、そのまま川を下っていけば、やがて海に出る」

「そうなの？」

ゴー君が驚いたように声をあげた。

「そうだよ。知らないの？　昔、あの川に海から鯨がやって来たって話」

「うーん」とゴー君は腕を組んだ。「前にちょっと聞いたことはあるけど」

「僕は知ってる」と僕がそう云うと、

「あ、太郎は見たんだ、そのときの鯨」とアキヤマ君が顔色を変えて僕の方を見た。

「いや、見てないけど、大人たちが川に集まって騒いでいたのを、なんとなく覚えてる」

「そうか」

今度はアキヤマ君が腕を組んだ。

「本当にそんなことがあったんだ。それなら、絶対行きたいよ、海まで」

本当のことを云えば、僕もゴー君もそうは思わなかった。海に囲まれて育ったアキヤマ君とは根っこにあるものが違う。

ただ、アキヤマ君が口にした「秘密基地」という言葉には魅《ひ》かれていた。その秘密基地で誰にも知られないように舟を直す。それは、ぜひ、やってみたかった。そんな話が図書館で借りた遠い外国の本の中にあった。

子供たちだけで秘密の舟をつくって、海へ冒険に出る。

「冒険」という言葉に特別な響きを感じた。そんなものは遠い外国にしかないと思っていたのに、僕たちの町の日常の中に、冒険に出ていくきっかけとなるものがひそんでいるのをアキヤマ君が教えてくれたのだ。

＊

僕とゴー君が持ち寄ったのは、それぞれの家の納戸から持ってきた、いくつかの大工道具だった。

「これで充分だ」

アキヤマ君は満足そうに頷いていた。

「最後の仕上げにペンキを買ってきて、皆でペイントしよう」

その作業はひたすら楽しかった。放課後になると、僕らは森のはずれの誰も来ないひっそりとしたところで、風の音だけを聴きながら黙々と舟を直しつづけた。

最初のうち、ミユキさんには秘密にしていた。

でも、僕ら三人が三人とも読書部の活動にまったく顔を出さなくなると、

「何か隠してるでしょ」

ミユキさんはすぐに嗅《か》ぎつけた。

それで、ある日、ミユキさんを秘密基地に連れて行き、僕らが何をしていて、どんな計画をたてているか、およそのところを話した。

「それ、大丈夫なの？」

ミユキさんは僕らの話を聞き終える前に口走った。

「海へ出るんだよ」

アキヤマ君がいつものいい声で宣言したときも、ミユキさんは口をへの字にし、

「やめといた方がいいよ」

静かにそう云った。声を荒らげるのではなく、ミユキさんがそうして静かな声で忠告をするのが、いちばん効き目がある。だから、僕とゴー君には少しばかり躊躇《ちゅうちょ》する思いもあった。

が、作業が大詰めを迎え、ホームセンターで安売りになっていたブルー・グレイのペンキで船体を塗り終えると、あんなにボロボロだったのが見違えるように立派になった。

(これで海に出たい)

小ぶりではあるけれど、三人で乗るにはちょうどいいサイズの舟だった。

「あとは水かさの問題だけだ」

アキヤマ君も満足そうに舟を眺めていた。

水かさのことは舟を直し始める前から検討されていて、というのも、どういうわけか川の水量が目に見えて少なくなっていたのだった。例年に比べて、雨の降った回数が少なか

ったのかもしれない。川の水かさはいつもの半分くらいしかなく、水の流れも勢いがなかった。

アキヤマ君の計画では、まず最初に舟を小屋から水路まで運ぶことになっていた。水路までは小屋からすぐなので、三人が力を合わせれば難なく遂行できることをすでに練習して確認済みだった。水路は川の支流から人工的に森のはずれに引き込んだもので、底も浅く、流れは滞留しているから、支流までは水路の中に入って舟を押し、支流に流れ込んだところで舟に乗り込めばいい。

ただし、ある程度、流れに勢いがなければ、下流へ進んでいくのに、かなり時間がかかる。どれだけ素早く町から離れられるかにかかっていると僕らは考えた。もし、万が一、通りかかった町の人に見つかってしまったら、きっと、こっぴどくしかられる。

「おい、君たち危ないぞ」「ひっくり返ったらどうするんだ」

どんなふうにしかられるか、アキヤマ君が町のおじさんたちの声色を真似て、ひととおりシミュレーションしてみせた。アキヤマ君はそうした物真似も得意で、それはつまり、誰がどんな特徴を持っているか、的確に見抜いているということでもあった。

「だから、人目を避けて、決行は夜にしよう」

アキヤマ君がそう決めた。

「雨が降ったあとの夜だ」

僕らはその条件にちょうどよく合った日が来るのを待った。本格的な梅雨が来てしまうと、雨期の平均的な水量になって、もうひとつ水に勢いがなくなる。

「その少し前の、気温が不安定な時期に降る一時的な雨がちょうどいい」

そうしたこともアキヤマ君は勉強しているようだった。


そして、それは十日後にやってきた。

それまで晴れていたのに、午後になってすさまじい雷雨となり、雨で見通しが悪くなって、町の全域に警報が出ていた。教室から窓ごしに様子をうかがい、

「ちょっと降り過ぎかもしれないけれど」

アキヤマ君がつぶやいた。

「でも、今日しかない」

その声がまたよかった。

僕たちは夜が来るのを静かに待った。金曜日だった。町は隅々まで雨に洗われて清々《すがすが》しく、川から聞こえてくる水の音だけが、いつもと違っていた。

「〈オキナワ・ステーキ〉に行ってくる」と云って、僕は家を出た。夜の七時ごろで、そういうことはそれまでにもよくあったから、母は何も云わなかった。

実際に〈オキナワ・ステーキ〉に立ち寄り、そのころはまだゴー君の父親がステーキを焼いていて、その時間にしては客が多かった。たぶん、ほとんどの客が雨のせいで夕食の買い出しに行けず、雨が上がったあと、間に合わせでステーキを食べに来たのだろう。

その満員の客にまぎれて、僕とゴー君は店を脱《ぬ》け出した。まっすぐ森に向かった。夜の森に行くことなどまずない。花火大会のときくらいだった。都会の中とはいえ、森は森であるから、経験がないほど暗く、ただ暗いだけではなく、生命を持ったものたちの気配に充ちていた。激しい雨が降ったあとであったことも手伝っていたに違いない。

僕とゴー君が小屋に到着すると、すでにアキヤマ君が僕らを待っていた。

「水の量も流れも、ちょうどいい」

小屋の中はペンキの匂いが充満し、その匂いごと小屋から舟を出して、わずかな斜面に舟底を滑らせて水路まで運んだ。もし、水路までの斜面がなかったら、その重さに辟易《へきえき》して断念していただろう。が、雨で地面と地面を覆っていた雑草が濡れていたのが潤滑油になり、面白いくらい、するすると舟は滑った。むしろ、僕たちの手に負えないくらい舟は生きもののように滑り、自ら望んでそうしたように水路の上に礼儀正しく浮かんでみせた。

「おお」

僕たちは口々に小さく感嘆の声をもらした。おそらく、大きな声をあげても、周囲には自分たち以外の気配はなかったので何の問題もなかった。でも、僕らは「秘密」という言葉に従って自然と声をひそめた。


そこまではよかったのだ。

水路の水かさも幾分か増し、いつもより深く感じられたが、それでも腰のあたりまでで、ちょうど、へそが水面の上に出るくらいだった。予定どおり、舟を押しながら川に向かって進み、水路はおよそ十メートルで、すぐに支流に合流した。

支流は流れ自体がそこから始まっていたので水底は深くなっていたが、流れはまだ感じられない。舟に乗るなり、手で水をかいてゆっくり前進した。そして、支流を二十メートルほど進んだところで、町を流れる本流とひとつになった。

「ふうん」とアキヤマ君が川の流れとその音に感心していた。

「思っていたより水が多いな」

声が小さくなった。

「え？」とゴー君がアキヤマ君の方を見る。「何かまずい感じ？」

「いや、まずいことはないけど、思ってた以上だ」

アキヤマ君の声がやはり小さかった。

と、次の瞬間、舟は水の流れに完全に乗り、そうなってから先は急に何がなんだか分からなくなった。舟はすさまじい速さで川を下り始め、水面が一定ではなく、何もかもがうねっていた。

大きく右へ傾いて、すぐに左へ傾く。川はところどころで渦を巻いていた。

「行くぞ！」とアキヤマ君が声を大きくした。

それは僕とゴー君に向けて云ったのか、それとも、舟に向かって叫んだのか、もしくは、彼自身を鼓舞するためであったのか。

ジェット・コースターに乗っているようで、高いところから低いところへ降りていく感覚が繰り返された。右へ左へ舟は傾き、盛大に水しぶきが上がり続ける。

不思議と怖くなかった。

アキヤマ君がそばにいたからだ。

彼は島に生まれ育ったのだから、舟を操ることには長けている。こうした川下りも、きっと何度も経験済みで、たぶん、何十回と繰り返してきたに違いない。

でも、それにしては、アキヤマ君は無口だった。いつもはもっと声をあげたり笑ったりするのに、そんなことは一瞬たりともなく、見たことがないような真剣な表情で、行く手を見据えていた。


どのくらい時間が流れたのだろう。時間だけではなく、どのあたりまで川を下ってきたのか、夜だったので見当もつかなかった。

「あと、どのくらい」とアキヤマ君に訊いたことは覚えている。でも、そのあと彼が何と答えたか、そこから先の記憶がない。

これはゴー君も同じで、記憶はそこで途切れ、僕とゴー君が意識を取り戻したのは、それからずいぶん経ってからだ。

翌日の新聞記事がいまも手もとにある。僕はそれをまともに読んだことがない。僕たち三人の名前が並び、アキヤマ君だけが行方不明であると記されていた。僕とゴー君が救出されたところは、少なくとも海にはほど遠い場所で、舟はばらばらになって原形をとどめていなかったという。不確かな情報ではあるけれど、ブルー・グレイの板きれが海まであと三十メートルの河口近くで見つかったという話もあった。

世界が裏返って、その裏側へ巻き込まれていく感覚が体に残っていた。でも、それは僕が自分の身に起きたことから想像してつくり上げた嘘の記憶かもしれない。森の奥のいちばん静かなところに迷い込んでしまったときの、しん、とした感じだ。一切の音が消え、自分のまわりが一瞬だけ白くなった。

いや、そうした感覚も、あとから僕の頭が勝手につくり上げたものだろう。

確かなことは、自分の右側からやさしい光が風のように吹いてくる感触があり、その光に感応して目を覚ましたことだ。

まぶたが異様に重く、目をあけようと思うが、なかなか開いてくれない。消毒液の匂いが鼻についた。知らない医者の顔がすぐそこにあり、それから、母と姉の顔が見えて、叔父と叔母とミユキさんの顔が見えた。

どうして、ミユキさんがそこにいたのか分からない。そのときも自分は夢を見ているのだと思っていたし、いま、こうして思い出しても、夢で見たことを反芻しているのと何ら変わりがない。

「本当のことなんだよ」と誰かがそう云ったが、僕の頭はそれを受け入れられなかった。「本当のこと」という言葉の意味が分からなくなり、何をもって、「本当のこと」と云うのだろうと自問を繰り返した。あのアキヤマ君が消えてしまい、あの声がもう聞けなくなってしまったことが、本当のことなんだろうか。

あんなにたくさんのことを知っていて、あんなに多くの人に好かれ、あんなにそばにいると安心できるような少年が、一夜にして消えていなくなってしまうなんてことがあるのだろうか。

理解できなかった。

「理解しろ」と誰かに云われると、アキヤマ君という転校生が本当に僕らの目の前にあらわれたのかどうか、それすら不確かなことに思われた。

受け入れられないまま時間が流れ、ときどき僕は、本当のところ、何もなかったのではないか、と思うときがある。

でも、ふたつばかり僕をあの時間へ引き戻す証《あか》しがあった。

ひとつは、それ以来、水を怖れるようになったことだ。

理屈ではなく、反射的に水から身を守る体勢になっているときがある。水を飲むことができないとか、見るのも嫌だ、というわけではない。水を心地よく思うときもある。が、何か不意打ちのように水がどこかから溢れ出してきたり、思いがけない雨が急に降り出したりすると、どこかに身を隠したくなる。

積極的に海に行くことはなくなり、プールに入ったことも片手で数えるくらいしかない。といって、風呂やシャワーを避けるわけでもなく、そこに決まりきった法則があるわけではなかった。

もうひとつは、意識を取り戻してから二日ほど経ったときのこと。この「二日」というのも、自分の体感であって、実際はもっと短かったり長かったりするのかもしれない。

「もうしばらく安静にしていなさい」

医者に命じられ、病院のベッドの上で大人しく天井を眺めていた。天井は何の変哲もなく真っ白だったが、眺めていると、そこにいろいろな絵が浮かんでくる。

それが面白くて、飽きずに眺めていた。

だから、頭はほとんど枕に固定されたままだったのだが、ほんのわずかに頭を左へ傾けたときだった。

左の耳から、あたたかい液体がひとすじ、とろんと流れ出た。

もしかして、血が流れ出たのかと思わず指でぬぐったが、それは長いあいだ耳の中であたためられた水だった。

耳の中に眠っていた、あのときの川の水だった。

流星シネマ

忘れるということ

Tango

人間という動物には、その姿かたちや基本的な能力がいったん完成されたあと、後天的に付け加えられた能力がある。その最たるものが「忘却」ではないか。

これは、アルフレッドが〈流星新聞〉のコラムに書いた文章だ。「忘れるということ」と題されている。僕はひさしぶりにこのコラムが掲載された号を、バックナンバーのストックから取り出してきて繰り返し読んだ。

アルフレッドはこう続けている——。

忘れるということは、ときにマイナスなことであるとみなされる。たしかに若いうちは、なるべく、色々なことを記憶しておいた方がいい。そういうとき、「あとで、きっと役に立つから」と大人たちは口を揃えて云うが、これは何も勉学に関わることだけではなく、ほとんど、すべてにおいて肝に銘じるべきセリフだろう。

十代では、まだ分からないかもしれない。が、二十代を過ぎて三十代になると、記憶の底にあったものが、そのあとに起きた別の何かと結びつくのに気づく。歳をとることの意味がここに隠されている。そのひとつの記憶だけでは、何ら特別な出来事ではないのだが、歳をとっていく中で、その記憶と似たようなことが起き、直接、似ていないとしても、どこかしら、つながりがあると発見するときがある。

すると、それまで取るに足らない記憶のかけらであったものが別の意味を持ち始める。別の意味を持ったことで、取るに足らないものが、人生の後半を生きるときに、

「ああ、そうか、そういうことなのか」

と解けなかった悩みを解く鍵になる。そういう意味で、なるべく多くを記憶に留《とど》めておくことは大事なことなのだと、ひとまずは、そう云えるかもしれない。

が、その一方で、すみやかに抹消した方がいい記憶があるのも、また事実だ。

もし、すべての記憶が消えずに残っていたら、人は皆、人生の終盤において、数々の「忘れてしまいたいこと」に苛《さいな》まれる。消えない上に自分の中に存在しているのだから、

どんなに辛くても逃れられない。

それで、人は進化の過程において、「忘却」を身につけた。快く前へ進むためにだ。ゴミの仕分けをするように、人の頭の中は絶えず「記憶に留めるべきもの」と「記憶に留めるべきではないもの」とに仕分けされる。

科学的なことは分からないが、もしそうでなければ、四半世紀前のことを克明に覚えている理由が分からない。そして、その印象的な出来事があった日の一週間前に何があったか、まったく覚えていない理由も分からない。

アルフレッドが書いていることはまったくそのとおりで、この文章自体、歳をとればとるほど、理解が深まっていくように思う。

ただ、人生には、もう少し複雑な記憶があり、出来れば、忘れてしまいたいけれど、決して忘れてはならない記憶というものがある。

「それはつまりさ」

ゴー君が云った。

「起きたことは忘れたいし、忘れた方がいいんだろうけれど、その中に含まれているアキヤマ君の記憶は忘れたくないということだよね」

「忘れないよ、それはもう」

自分の声が店内に冷たく響いた。

午前二時だった。

そのくらいの時間になると、〈オキナワ・ステーキ〉は魂を抜きとられたみたいに静かになる。以前はそうではなかった。むしろ、そのくらいの時間から客が増え、午前四時まで、ほとんど途絶えることがなかった。

これは、〈オキナワ・ステーキ〉の人気が落ちたのではなく、隣街の夜が短くなったせいだ。繁華街が縮小され、以前は午前二時まで営業していた店が十一時に看板をおろすようになった。飲み足らない客は都心に移動し、そうでない客は終電の前に大人しく帰宅してしまう。こちらへ流れてくる客がいなくなった。

それで、客が少ないときはハルミさんが早めに帰るようになった。ゴー君としては、なるべくハルミさんにいて欲しいのだろうけれど、ハルミさんの方が気をつかって、

「仕事をしていないので、お金はいただけません」

と自ら業務時間を短縮してしまうらしい。

たぶん、そんなこともあって、ゴー君は元気がないのだ。

「とはいえ、毎日、アキヤマ君の顔を思い出してるわけじゃないよね」

「それはそうだけど」

そう応えたきり、僕は言葉が出てこなかった。どういうわけか、一瞬、アキヤマ君の顔を思い出せなかったのだ。

「大事なことなのに、時間が経つと希薄になっていく気がするよ」

「だよね。時間ってすごいよ。ありがたいけど、じつに怖ろしい」

ゴー君がそう云ったとき、急に風の音がして店のドアが開き、また、ミユキさんが来たのかと振り返ると、「なんか怪しいんだよ」とゴー君が評したあの男が入ってきた。

「二百グラム。よく焼いて」

男は迷うことなくオーダーを済ませ、胸に抱えていた黒い革のバッグを床におろした。バッグというよりケースと云った方がいい。頑丈そうなつくりで、鍵付きの立派な留め金がついている。

（あんまり、じろじろ見るんじゃない）

ゴー君はそう云いたげだった。でも、そう云われると、余計見たくなる。

床に立てるように置いたが、ケース自体は横長で、つまり、ケースの中には横長の何かが入っているようだった。それほど長くはない。ざっと見た感じ六十センチくらいか。

男はケースを——いや、ケースの中に入っているものを大事にしているのだろう。床に置きながら右手を添え、何かの拍子で倒れたりしないよう注意を払っていた。その横顔から察するに、年齢は僕らより少し上くらいか。ジャンパーの袖口がくたびれていて、うっすらと無精髭《ぶしょうひげ》を生やしている。


「お待たせしました」

男は床に置いたケースを自分の股のあいだに挟んで、倒れないよう確かめていた。

「あのさ」

ゴー君の囁《ささや》きが、すぐ耳もとで聞こえる。

「あのケースの中身ってなんだと思う？　あの人、ここのところ、毎日アレを抱えてくるんだけど」

「よっぽど大事なものじゃないかな」

男は黙々とステーキを食べていた。

「まさか、ヤバいもんじゃないだろうね」

「ヤバいもの？」

「あのケースにちょうど収まりそうなヤバいもの」

「なんだろう」

「ライフル銃だよ」

股にしっかり挟んで何があっても離さないようにしていた。云われてみれば、ちょうどいいサイズで、中に収まったライフル銃が透けて見えるようだった。

男は年季の入ったバイクに乗っていた。だからどうだとは云わないけれど、たとえば、ここに一人の殺し屋がいて、その男が、ひと仕事終えるたび夜中にステーキを一枚平らげる。革のケースにライフルを隠し、クラシックなバイクで一人暮らしのアパートへ帰っていく。

それとも、僕もゴー君も子供のころから本の読み過ぎなのだろうか。

＊

間違いなく夏が近づいていた。

カレンダーを眺めてそう感じるのではなく、自分を包み込む空気や、空気をそよがす風が産毛に伝えていた。産毛が夏を感知している。

あの秘密基地で舟をつくった時間がまたやって来る。それは、毎年かならず否応なしにやって来て、たぶん、ゴー君の産毛にもそれは伝わっている。

「今年もさ」とゴー君は三日前に電話をかけてきた。「いつもどおりで」

「分かった」と僕は短く答えた。

僕とゴー君にはその日の正しい記憶がない。失われた数時間がある。ゴー君にはそのあいだに見たものが、音のない細《こま》ぎれの映像として残っているという。

「サイレント映画みたいに」

そう云われてみると、僕も同じものを見たような気がしてきた。

結局、何が本当の記憶で、何が想像によって生じたものか分からない。

そこには時間がなかった。音もない。

ただ、水の中から眺めた歪んだ映像が記憶の底にゆらゆらとある。

もし、新聞の記事が残されていなかったら、僕はあの日の記憶をすべて忘却していたかもしれなかった。僕が——というより、僕の中にある忘却の力を司《つかさど》るものが、そう判断して、僕を安らかに前へ進めてくれたかもしれない。

でも、そこに記事があった。記事が刷られた新聞紙のざらつきこそ、この世界の確かな手ざわりで、「本当のこと」がどんなものであるか云い当てることは難しいとしても、そのざらりとした感触は、人差し指の先に何度もよみがえった。

「そうだよ、太郎」とアルフレッドがいつか云っていた。「だから、私は新聞をつくっているんです。ミンナが忘れてしまわないように。紙とインクを使って、手でさわることのデキる言葉にして、しっかり残してキタのです。君たちのこともです」

そのとき、初めて（そうか）と思い至った。

手もとにのこっているのは三大新聞の記事で、〈流星新聞〉の記事ではない。僕たちが川を下ったとき、すでに、〈流星新聞〉は存在していたはずだが、そのときの僕の認識では、アルフレッドは町の川べりに住んでいるちょっとおかしな外国人で、彼が自力で新聞をつくっていると知ったのは、もう少し後になってからだ。

「じゃあ、アルフレッドもあの日のことを記事として書いたんだ？」

「モチロンです。あの日のことは、この町で起きたビッグ・ニュースでしたから」

考えてみれば当たり前だった。でも、「モチロンです」とアルフレッドが云うまで、僕は一度も思い至らなかった。だから、アルフレッドが書いた記事を読んだことはない。

「書きましたよ」と聞いたあとも、バックナンバーを確かめようとしなかった。

どのような記事であれ、もし、アルフレッドが書いたあの日のことを読んでしまったら、自分の中で、「本当のこと」が更新されてしまう気がする。それは、アルフレッドが書いた記事やコラムに、僕が強く影響を受けているからで、ともすれば——いや、間違いなく——全国紙の記事より、アルフレッドの書いた記事の方が信じられた。

「いつもどおりで」とゴー君が電話で伝えてきたとおり、僕らのことが新聞記事として書かれたその日に、今年も川の上で酒を飲んだ。僕もゴー君も普段は酒を飲まない。だから、ビールであろうが何であろうが構わず、ほとんど、コップを傾けて飲む真似をするだけでよかった。川の上で――つまりは、暗渠の上で。

川が流れていたときは、橋の上で献杯をした。川が見えなくなってからは、遊歩道のベンチに座って、三十分だけアキヤマ君のことを考えた。

何も話さない。

積極的に記憶を呼び戻すこともしない。一年に一度、そうして川が流れていた場所に戻って、三十分だけ静かに時間を過ごす。

「じゃあ、店に戻るよ」

ゴー君がベンチから立ち上がり、コップの中にのこった酒をそのあたりに撒《ま》いた。

「また来年」

誰へでもなく、ひとりごとのようにそう云った。

ゴー君を見送り、しばらくベンチに座ったまま頭の中を空っぽにしていた。何も思い出さず、記憶も空想もシャットアウトして、夜の空を流れていく雲を眺める。

雲はどちらかと云うと、重々しく流れていた。そう見えただけかもしれないが、その重々しさに見合った重々しい音が響いた。

雲の流れる音だろうか――最初はそう考えた。

あるいは、これが幻聴というものかとすぐに思いなおし、しかし、雲がこれほど立派な音を響かせるものかと訝《いぶか》しんだ。音はなおさら大きくなり、どこか遠くから聞こえるようであったのが、それほど遠くもないところから聞こえてきた。

自然が奏でるものではない。あきらかに楽譜に書かれた旋律をなぞっていた。聞いたことのないメロディーだったが、音は悲しげに響き、ひとつの音と次の音のつらなりに、どこか情動をあおるものがひそんでいた。

人が人に聴かせるためにつくられた音楽だ。

ということは、誰かがその音楽を奏でていることになる。

その音楽の謎を、〈流星新聞〉のコラムに書いた。神秘的な現象として書いたのではなく、どこの誰かは知らないけれど、

「夜になるたび、たしかに胸に響く旋律を誰かが奏でている」

と書いた。

実際そのとおりで、ゴー君と献杯した夜から始まって、ほぼ毎晩のように、どこからともなく哀切な音色が空気を震わせていた。

「あれは何の音なの？」

コラムを読んでくれたミユキさんが編集部にあらわれたのは、献杯をしてから二週間ほど経った夕方だった。

「わたしの耳にはね――」

ミユキさんは目を閉じて、時間を巻き戻していた。

「無垢《むく》チョコ工場から流れてくるように聞こえるんだけど」

僕もそう思っていた。わざわざ音の出所を辿《たど》ったわけではないが、何度か耳にするうち、どちらの方角から響いてくるか分かってきた。

コラムを書いた時点では、建物に反響して、右からも左からも聞こえていた。が、聞き慣れるうち、音の芯のようなものが、どのあたりから発生しているのか、その方角を指差すことが出来るようになった。「こっち」と指差した方には、ミユキさんの云うとおり、長いあいだ使われていない「無垢チョコ」をつくる小さな工場がある。

「無垢チョコ」というのは、子供のころに僕らが勝手にそう呼んでいただけで、工場の正式な名前は〈タンゴ洋菓子工場〉といった。「無垢チョコ」の由来は、その工場でつくられていたのが、何の変哲もないチョコレートであったからで、そのほとんどを、よその菓子工場に卸していたようだった。詳しくは誰も知らない。工場は町の奥の少し窪んだところに位置し、工場へ行く以外に通ることのない路地の奥にあった。周囲には住宅もなく孤立していて、ただ、チョコレートの甘い香りだけが、そのあたりから漂っていた。

ときどき、こわれもののチョコレートが工場の前で投げ売りされ、母が何度か買ってきたが、いま思えば、いわゆる業務用のそっけないものだった。こわれものを売っていた期間は短く、そもそも、工場自体が本当に運営されているかどうか疑わしかった。甘い香りが漂ってくるのは限られた曜日だけで、基本的に工場は薄暗く、そこで何人もの人が働いている気配が感じられなかった。噂では、「五人しか働いていない」と云われ、それがやがて三人になり、二人になり、ついには、「一人でチョコレートをつくっているらしい」と囁かれた。いつからか甘い香りも届かなくなり、「あの工場には幽霊が出る」と子供たちのあいだで噂が広まった。

だからもし、ミユキさんの云うとおり、甘い香りに代わって哀切なメロディーが工場の方から漂っているのだとしたら、その音楽を奏でているのは、

「幽霊だよね」

ミユキさんはそのことが云いたくて編集部に姿を見せたのだろう。

「お店の方は？」と訊いても、「さぁ」と横を向いてはぐらかす。相変わらず、「誰かに見られている」と不穏な話を繰り返し、挙句、「幽霊が弾いているのよ、あのヴァイオリン」と口走った。

「ヴァイオリン？」

「たぶん、そうじゃないかな。わたし、チビのころにちょっとだけ習ってたから分かるの。あれはね、ヴァイオリンの低音部だけを弾いているんだと思う。幽霊がね」

子供のころから人一倍、勘の鋭いミユキさんがそう云うのだから、たぶん、工場には近づかない方がいいのだろう。

「わたしは平気だけどね。毎晩、会ってるし」

話がおかしなことになってきた。

「まだ、幽霊と決まったわけじゃないけど、こう、毎日のようにあらわれると、ああ、そういうことなんだなって、このごろはそう思うの」

「そういうことって?」

「つまり、その人は、もうこの世にいないんだなって」

「その人っていうのは?」

「それはね」

とミユキさんはそこまで話しておきながら、それ以上は口をとざし、

「そのうち、太郎君も会うことになると思うよ、幽霊に」

顔色ひとつ変えずにそう云った。

*

「ふうん」とゴー君は「無垢チョコ工場」の幽霊の話を聞いても、「そうなんだ」と、さして関心を示さず、ミユキさんが毎日会っている幽霊というのは、

「たとえ話じゃないかな」

と推理した。

「たとえ話って？」

「いや、それが何を意味するのかは分からないけれど、毎日っていうのが引っかかるし、本当にその幽霊とやらが見えているとは、どうも信じられない」

でも、たとえば、ゴー君の店にも毎日決まってあらわれる客がいるはずで、仮にその人がこの世の住人ではないとしたら——。

「あの男か」

それが合図であったかのように、当の男が荒々しくドアをあけて入ってきた。

「二百グラム。よく焼いて」

早口でオーダーをすると、先だっての夜と同じく、黒い革のケースを床におろして慎重に右手で支えていた。

(また、誰かをヒットしてきたのか)

妄想が頭の中を駆けめぐる。

無遠慮に男の様子を観察していると、僕の視線に気づいたらしく、男は体をひねって、こちらに向き直ろうとした。その勢いが右手で支えていたケースに影響し、あたかも大木が倒れるときのように、スローモーションでゆっくりケースが倒れた。衝撃で留め金がはずれて蓋が開き、中に収まっていた艶《つや》めいたものが、鈍い音をたてて床に転がり出てきた。

ヴァイオリンだった。

流星シネマ

夜の上映会

Kana

男はあわてふためいて、それを拾い上げると、ヴァイオリンの弦が男の指に触れて、安普請のステーキ屋に似つかわしくもない可憐《かれん》な音が響いた。

すみやかにヴァイオリンをケースの中に戻し入れ、男はあきらかに動揺し、どことなく唇が震えているように見えた。

（あの）と云おうとして僕は口を閉ざしたが、それはきっと、ゴー君が男に話しかけるだろうと踏んだからだ。

ところが、ゴー君は僕が話しかけるだろうと思ったらしく、結局、おかしな沈黙があって、何ごともなかったかのように時間が過ぎた。かすかなヴァイオリンの響きが沈黙の中に残り、男はいつものようにステーキを平らげると、何も云わずに店を出ていった。

「あれは盗品かもしれないよ」とゴー君。

「それはどうかな」

「だって、事件かもしれないんだぜ。太郎は新聞をつくっているんだから、事件となったら取材をしないと」

それで思い出した。

「そういえば、忘れていたんだけど、アルフレッドがあのとき、記事を書いたらしい」

「アルフレッドが？　何の記事を？」

「だから、僕らの、あの日のあのときのことを」

「ああ」

ゴー君は僕の顔を見て――おそらくは複雑さを露《あら》わにした僕の表情を見て――理解したのだろう。

「で、どんな記事だったわけ？」

「いや、それがまだ読んでなくて」

ゴー君はカウンターの上に残された皿とナイフとフォークとコップをひとつにまとめた。

「分かるよ、その気持ち。読んでみたいような読んでみたくないような」

「そうだよね」

その一方で、(いや、しかし)と新たな思いが頭をもたげているのに気がついた。

＊

最初のうち、僕はモカを自分のアパートへ連れて帰っていた。編集室に残していくのは忍びなかったし、アルフレッドがいなくなって、状況が変わってしまったことを彼に伝えたかった。

(もう、これまでとは違うんだ)

僕はモカの目をじっと見た。

(これからずっと君と生活を共にするのは僕で、しかし、僕には僕の生活がある。毎日、編集室に寝泊まりするわけにはいかないんだ)

そうしたことを理解してもらうために、アパートの大家さんに事情を説明し、モカを犬用のキャリーバッグに入れて連れて帰っていた。

モカは常に大人しかった。何ひとつ文句を云わない。彼はすべて分かっていた。事態を早急に把握し、自分がどう振る舞うべきか肝を据えていた。

（私は平気ですよ）

顔がそう云っている。

外出するときに、彼を置いて出ても何ら問題はない。いつもの定位置で気持ち良さそうに眠り、夕方に散歩へ連れ出すときも、終始、礼儀正しかった。吠えることも唸《うな》ることもない。

ただ、アパートへ連れて帰るときだけ、彼は悲しげな顔でこちらを見上げた。

（いいんです）

そう云っているように見えた。

（私はここにいたいんです）

前脚を踏ん張って抵抗することもあった。

それで、試しにひと晩、編集室に彼を置いたままアパートに帰ろうとすると、彼は安心したように目を細め、僕が部屋を出て行く前におだやかな顔で眠りについた。

以来、散歩に連れ出すときを除いて、彼は編集室に居座り続けている。

それで、朝の出勤時には、「おはよう」と声をかけ、帰るときには、「おやすみ」と声をかけるようになった。外から戻ったときは、「ただいま」だ。時間帯もおよそ決まっていて、深夜に彼に声をかけることはまずない。深夜まで仕事をして、「おやすみ」を云うこともないし、深夜に戻ってきて、「ただいま」と云ったこともなかった。

だから、〈オキナワ・ステーキ〉を出た足で編集室に立ち寄ったのは異例で、時計を見れば午前二時になっており、そんな時間に、「ただいま」と僕が入っていったら、モカはさぞかし面食らうに違いなかった。

でも、彼は驚かなかった。そうなることを知っていたかのように平然とし、照明をつけても薄目で確認するだけで、〈お帰りなさい〉と体勢も変えずに眠たげにそう云っているように見えた。

「ごめんよ」

僕は小さく声をかけたが、とにかく、自分の気持ちが変わらないうちに、アルフレッドが書いた記事をバックナンバーのストックから探し出そうと決めた。

見当はついていた。アルフレッドはストックを大きくふたつに分け、古いものは編集室の一番奥にある三つのキャビネットにしまい込んでいた。彼のことだから、きちんと発行順に整理してあるはずで、僕とゴー君とアキヤマ君が川下りをした年月日をもとに探せば、それほど時間はかからないはずだった。

しかし、ほぼ完璧に近いかたちで発行順に保管されていたのは予想通りだったものの、キャビネットのひとつに鍵がかかっていて、どうやら、目的の号はその中にあるようだった。鍵がかかっていたら、もうどうしようもない。おそらく、鍵はどこかにしまってあるのだろう。これればかりはアルフレッドに訊いてみないことには分からなかった。

ただ、鍵のかかっていなかったふたつのうち、〈流星新聞〉の最初期のバックナンバーが収められたキャビネットの中に、あきらかに紙の束ではない小さな箱状のものが紙袋に入れてあった。中を検《あらた》めると、大きさがまちまちの平べったい緑色の紙箱で、箱の表面に記された文字を信じるなら、その中身は、いまやほとんど見ることがなくなった8ミリフィルムだった。

いつだったか、母の実家で見たことがある。

母方の祖父は、ごく若いときから撮影マニアで、8ミリカメラに始まって、16ミリ用のカメラや小型のビデオカメラなど、呆《あき》れるほどさまざまなタイプをコレクションしていた。集めたものをただ飾っておくのではなく、しっかり使って、撮影したものを自分で編集し、素人映画めいたものをつくるところまでが、祖父の趣味だった。

祖父のコレクションを知った時点で、すでに8ミリフィルムを再生する装置はめずらしくなっていて、祖父は見た目には新品に見える二台の映写機を所有していたが、いざ使うとなると、二台とも何かしら問題があって作動しなかった。祖父はすでに亡くなったが、そうしたことが残念な記憶としてあり、それゆえ、8ミリフィルムに対して屈折した親しみがあった。

とうに午前二時をまわって時計の針は午前三時に向かいつつある。モカが正確に繰り返す寝息だけが聞こえ、僕は古びた紙袋から取り出した何本かの8ミリフィルムを点検した。

何が映しとられているのだろう。その答えは、アルフレッドにしか分からない。

なにしろ、アルフレッドが編集室からいなくなってしまった欠落感はあまりに大きく、彼はもう容易に手が届かない別の次元に移行してしまったのだと、なぜかそんなふうに思っていた。

しかし、もちろん実際はそうではない。

彼はこの世から去ったわけではなく、この静かな部屋から別の静かなところ——それは両親が営んできたクリーニング屋のカウンターだ——に居場所を移しただけだった。だから、その気になれば、パソコンを起動してインターネットにつなぎ、しかるべきアドレスにアクセスすれば、すぐ隣で仕事をしていたときと同じようにアルフレッドに質問することができる。画面ごしに面と向かって会話をすることも可能だろう。

ただ、アルフレッドは、その手の「最新」と称されるツールに興味を示さないどころか、積極的に背を向けていた。だから、会話は難しいかもしれない。でも、メールであれば問題はない。実際、すでに二、三度、メールのやりとりはしていて、彼が無事に故郷に帰って、クリーニング屋を引き継ぐ準備を始めつつあることを簡潔な短文で送ってきた。

もう一度、時計を見る。午前二時三十六分。

彼がいまいる場所は、こちらの時間より十三時間おくれていた。ということは、向こうは昨日の午後一時三十六分で、それなら、うまくすれば、すぐに返信がもらえるかもしれない。

こんにちは、アルフレッド——。

と僕はメールを書いた。用件だけのシンプルなメールで、用件以外のことを書き始めたら、きっと際限がなくなる。

キャビネットの鍵はどこにありますか。それと、鍵のかかっていなかったキャビネットの中に大量の8ミリフィルムを見つけたのですが、これはどういうものなのでしょう。観ることはできますか。

パタパタと自分の指がパソコンのキーボードを叩く音がして、二分ほどで打ち終えて送信すると、またモカの寝息だけが部屋に残った。

小さくため息をついて、ふと思う。

自分はいま未来にいるのだ、と。

この奇妙な感覚をどう云ったらいいのだろう。おそらく、自分の過去に関わる記事を見つけ出すために、過ぎて行った時間の方を向いていたせいだ。あるいは、自分の基点のようなものが、あの日のあの時間に打たれていて、そのポイントからさらに遡《さかのぼ》った時間がすなわち「昔」であり、そこから現在に至るこちらの時間はすべて「未来」ということになる。いつからか、そう思ってきた。でも、本当のところは分からない。どうしても、このことをうまく云えない。

あの日のあの時間に自分の一部分がまだ残っていて、一部分ではあるとしても、それはかなり重要な一部分だ。そうなると、自分はあそこからこちらへ本当のところ未だ来ていない。たぶん、「未だ来ていない」時間のことを「未来」と云うのだから、僕の視点はいまもあそこにあり、この午前二時三十六分などは、ずいぶん遠くにある未来ということになる。


頭がぼんやりした。

時間があやふやになり、どれほど時間が流れたのか分からなかったが、ふいに、ポーンと音がひとつ鳴った。

自分に絶対音感がないことは知っている。でも、この音は「ラ」の音ではないか。

しかし、僕はいまピアノの前に座っているのではなく、パソコンの前にぼんやりと座っている。とすれば、調音のための「ラ」の音が聞こえたのはパソコンからに違いなく、それは、ほかでもないメールの着信音だった。

「メールを読んだよ、太郎」

画面の中にアルフレッドの声があった。

「君の質問に答えよう。まず最初の質問だけど、キャビネットの鍵をどこにしまったかは、残念ながら思い出せない。どこかにしまったことは覚えている。でも、それがどこであったかを思い出すには少しばかり時間が欲しい」

「もうひとつの質問の答えは簡単で、それらの8ミリフィルムに撮影されているのは、記事を書くために取材した素材だ。私はいつも小さな8ミリカメラをポケットに入れていた。念のため云っておくけれど、そのころ、世の中にはすでにビデオカメラが普及していた。しかし、残念ながら私には高額で買えなかった。たまたま、父から譲り受けた8ミリのカメラとフィルムがあったので、半ばコミュニケーションの道具として使っていた。私がそれを取り出すと、みんなめずらしがって会話が弾んだのだ。だから、記事の素材というのは建前に過ぎない」

「そういえば、あのカメラはいまどこにあるのだろう。それも覚えていない。いつのまにか使わなくなって、どこかへいってしまった。いや、そうか、太郎が知りたいのはカメラではなく映写機の方だったね。その8ミリフィルムの中身を観てみたい？　そういうことだよね？　もし、私の許可が欲しいと云っているのなら、一向に構わない。ただ、どのようにして観ればいいのか、私には分からない。編集室のどこかに映写機があるのかと訊いているなら、答えはノーだ。映写機は誰かに貸したきり返ってこなかった。私もいつだったか、昔の8ミリを観たくなり、誰か近所に映写機を持っている人はいないかと訊いて回ったことがある」

「そのとき、誰かに教わった。坂の上の洋館に住んでいるカナさんという人が持っていると。そのカナさんという人は、いつだったたか、太郎が取材を断られた書肆〈ひともしどき〉の、あの女性店主のことではないか。間違っていたら申し訳ない。私は結局、そのカナさんから映写機を借りなかった。そんな、私がしそびれたことを太郎が叶えてくれるのなら、私としても非常にうれしく思う」

「その8ミリフィルムの中には私の記憶が閉じ込められている。おかしなものだ。私にはもう思い出せないが、たしかに私が目にしたものが、その小さなフィルムの中に留められている。つまり、記憶にない記憶ということだ」

「ありがとう、アルフレッド」

どうしてだろう。何か云いようのないものが胸の真ん中にあらわれた。もう二度と会えない人と会話ができたような思いだ。そんなはずはないのに、なぜ、そんな大げさな思いがあらわれるのか分からない。でも、とにかくうまく言葉が見つからず、

「さっそく、カナさんに訊いてみます」

とだけ打って、返信を終えた。

*

「ああ、8ミリの映写機ね」

後日、電話で問い合わせてみると、カナさんはすぐにこちらの事情を察して、「ありま

すよ」と考える間もなく即答した。

「いつ来てもいいけれど、なるべく早くいらっしゃい」

心なしか、声が華やいで聞こえた。

「だって、わたしが観てみたいから」


坂をのぼりながら、いつも思うことがある。

(坂の上には何があるんだろう)と。

いまはカナさんの家を目指しているのだから、何があるかと云えば、間違いなく家がある。でも、もし目指すものがこれと云ってなく、ただ漠然と坂をのぼっていたとしたら、坂の上には「過去」が待っているんじゃないかと思う。

これはきっと、他愛のない言葉の響きによる錯覚で、「遡る」という言葉が、どうして「さか」を「のぼる」ことに似ているのか、坂をのぼりながら考えてしまう。

いや、坂の上には、本当に「時間」がある。

正しくは給水所なのだが、驚くほど大量の水が貯《たくわ》えられていて、貯えられているということは、その水にはそれまでの時間が浸透していることになる。ときに、水とひとつになった時間は坂の上から溢《あふ》れ出し、こぼれて、流れて、こちらに落ちてきた。坂の下の僕らの町の方へ。そんな夢想を、つい抱いてしまう。

しかし、給水所の水が溢れ出すなんてことは、まずあり得ない。ただ、水に化けた過去の時間がそこに貯えられていると考えるのは、決して間違った連想ではないはず。

そもそも、自分の中で、水と記憶はひとつになっている。記憶をたどれば、いつしか水に行き着き、予期せぬ大雨や水のたまりに出くわしたときは、記憶の奥にしまわれていたものが水位を上げてこぼれ出す。

そんなふうに水はおそろしいものだが、そのおそろしいものを、「過去」や「記憶」という言葉に置き換えてしまえば、どうにか気持ちが鎮められる。そして、それがこぼれたり流れ出したりすることなく、ただ坂の上で静かに眠っているのは、僕だけではなく、誰にとっても安心なことではないか。

＊

キャビネットにしまわれていた8ミリフィルムは全部で六十四巻あった。いずれも小ぶりなもので、物理的に考えても、その一巻に撮影されている時間は、長くても三分程度だろう。

とはいえ、三分が六十四巻あれば百九十二分になり、いくら、カナさんが「わたしが観てみたいから」と云っても、百九十二分は三時間を超える長さになる。それで、まずは四分の一に当たる十六巻を適当に選び、トートバッグに入れて、坂の上のカナさんの家を目指した。

夕方が夜になろうとしている時刻だった。

ちょうど坂の上に到着したときに陽が完全に消え落ちて夜になる。

(十六巻であっても、すべて観たら一時間近くかかるだろう)

そんな計算をしながら、自分はどうしてこんなことをしているのかと思う。

僕が探していたのはアルフレッドが書いたあの日の記事で、どんなものが撮影されているか分からない六十四巻の8ミリフィルムではない。

それでも、そこにアルフレッドの云う「記憶にない記憶」が閉じ込められているのかと思うと、このところ自分が考えていたこととも無関係ではなく、誰も観ることのなくなった映像がそこにあるのだと知ってしまったら、どうにも見過ごせなくなった。

カナさんは、それこそ記憶が繰り返されているかのように快く洋館に迎え入れてくれた。このあいだと同じように白いシャツを着ていて、どこか甘いセブンスターの香りが漂って、

「いらっしゃい」

「よく来てくださいました」

と、その大きな瞳を細めた。

もし、十六巻のフィルムを携えてきたという事実がなかったら、僕は坂をのぼって、過去に経験した時間をなぞっているのではないかと疑っただろう。

でも、カナさんは、この夜がこれまでとは違う夜になることを予期していたかのように部屋のおもむきをすっかり変えていた。なによりセブンスターの煙と窓から射し込む西陽に変色した東側の壁に、真新しいおろしたてと思われる白いシーツを画鋲《がびょう》でとめて張っていた。これが、この夜の銀幕なのだと主張している。

西側の窓には分厚いカーテンがおろされ、外は夜になっているから、照明を落とせば部屋の全体がそれ相応の暗さになる。

部屋の中央に置いてあった机と椅子は西側に寄せられ、ふたつの椅子はきちんと揃えられて、シーツのスクリーンの方を向いていた。机の上には、「これですか」と思わず声をあげてしまった、想像よりはるかに重たそうな映写機が、やはりレンズをスクリーンに向けて置かれている。

「ちょっとした夜の上映会です」

カナさんが楽しげにそう云った。

流星シネマ

夜の上映会の話のつづき

Moka

そこには学ぶべきことがいくつかあった。

なにより驚いたのは、8ミリフィルムには音が記録されていないということだ。もしかすると、音声トラックを装備した8ミリフィルムもあったのかもしれないが、アルフレッドが愛用していたカメラはポケットに収まるくらいの小さなものだった。となると、カメラ自体にそうした機能が備わっていなかったと思われ、何巻か観た限りでは、音が入っているものは皆無だった。

使用されていたのは、いずれもカラー・フィルムで、それは意外だったが、カラーであったことが音の欠落感をより助長していた。

ただし、色の再現度はもちろん、映像の質そのものがかなり劣化しており、これは、もともとこの程度であったのか、それとも、長いあいだ再生されることなくキャビネットにしまい込まれていたせいなのか判然としなかった。

もうひとつは、驚くばかりに映像が細ぎれであったことだ。

「これはね」とカナさんが説明してくれた。「フィルムを使い惜しみしているんだと思う。よっぽどのことがない限り、映像とは云っても、写真を撮る延長のようなものだったから、ちょっと撮っては止める、の繰り返しになってしまうの」

「カナさんも使われていたんですか」

「昔々のことですよ。あんまり昔のことなので、よく覚えていないんだけど」

そう云うわりには、

「わたしは撮るのがうまかったの」

話がとまらなくなった。

「しっかりカメラをホールドするのがコツでね。父や母が撮ったものはピントも合ってなくて本当にひどかったけど、わたしが撮ると、すごくきれいで、ひとつもブレなかった」

それで云うと、アルフレッドが撮影した映像の大半はブレがひどく、続けて観ていると頭がくらくらしてきた。そういえば、アルフレッドはスマートフォンで写真を撮るのも下手だった。画面を見ずにシャッターボタンを押してしまう。

「ノー・ルック撮影というのです」

アルフレッドは自慢げにそう云っていた。

「私は機械式のカメラを使っていたトキも、ファインダーを覗いたことはアリマセン。だって、大体分かるでしょう。レンズがどちらを向いているかなんて」

そうは云っても、彼が撮った写真は、「ノー・ルック」ゆえに被写体にレンズが向けられていないことが多々あった。たとえば、人物であれば、あらかた顔が写っていない。ひどいときは、何を撮ったのかまったく見当がつかないものもあった。アルフレッド自身も自分で撮った写真を見ながら首を傾げていて、にもかかわらず、彼はその悪癖を改めなかった。

もっとも、そこには彼なりの哲学があり、多分に云い訳じみていたが、それなりの理屈は通っていた。

「つまりね」

と彼はファインダーを覗かない理由を、まことしやかに説いた。

「つまり、私の目が見たものである必要はナイのです。私の目が見たものは私のブレインにしっかり刻まれていますから。そうではなく、自分の目とは別のもうひとつの目――ナント云ったらいいのでしょう――第三者の目と云えばいいのでしょうか、そうした、もうひとつの視線が記事を書くためには必要なのです」

それは彼が常日ごろ、口にしていたことでもあった。

「私の意見や考えは後まわしでイイんです。まずはそこで何が起きたのか。何がソコにあったのか。私の目で見たものは、私の考えにとらわれてしまいます。そうではなく、そのときたまたまソコに居合わせた鳥や虫やノラ猫の視線がとらえたもの――ニンゲンの思惑から外れた視線が大事なのです」

そうしたアルフレッドの考えをカナさんに話してみたところ、カナさんは右手の親指と中指でパチンとひとつ乾いた音を鳴らしてみせた。

「それよ。それなのよ」

壁に張った即席の銀幕をそっちのけで力説し始めた。

「わたしがいつも思っていること、目指していることも、まさにそれなの」

「わたしの思惑を超えたところにある視線ということ。わたしはずっと、それを身につけたいとあがいてきた。これは、わたしだけの考えだけど、わたしの好きな詩人は、皆、そのあたりをわきまえていた。わきまえていた、というか、彼や彼女たちは、そのもうひとつの目——もうひとつの視野を先天的に携えてこの世に生まれ出てきた。だから、何も無理はしていないの。自然と彼らはそのもうひとつの目で、もうひとつの世界をとらえることができる。そこには、背伸びをしたインチキな自分というものがなく、自分も知らない自分の野性に近い——野性とひとつになるような視線がある。結局のところ、その視線さえ携えていれば、それでもういいの」

「ということは、アルフレッドは、もしかして詩人の素質があるのでしょうか」

「それはそうでしょう。だってわたし、あなたたちのつくっているあの新聞から詩集を読むときと同じ香りを感じたんだから。それはやはり、あなたひとりのものではなく、ミスター・アルフレッドがつくり上げてきたものが土台にあるからでしょう」

間違いなくそうだった。カナさんは的確に見抜き、だから僕に、「あなた、シを書きなさい」と謎かけにも似た助言をしてくれたのだ。

「でも」

とカナさんは突然、笑い出した。

「その極意をノー・ルック撮影と呼んでみせたのは傑作ね。要は『見ない』ということですから。より良く見ようとするためには見ない方がいいってこと。矛盾しているけど、矛盾と仲良くならないと人生はつまらないし」

カナさんは煙草に火をつけた。

僕は煙草を吸わないので分からないが、人はどうして煙草なんてものを吸うのだろう。どういうときに、煙草に火をつけて吸いたくなるのだろう。

火？

そうだ。煙草は火だ。

たぶん、人間が最も身近に接するいちばん小さな火だ。

その小さな火を愛おしそうに口もとへ持っていき、あたかも火とひとつながりになるよう、体の中に煙を吸い込む。煙草を吸うということは、小さな火をおこして、小さな火と共に、わずかな時間を過ごすということだ。いままで、そんなこと思いつかなかった。

でも、カナさんの話を聞いていたら、ふいに煙草という物体が、これまで目にしてきたものと違って見えた。子供がはじめてそれを見たような、そんな感覚だ。

僕はその感覚を子供のころから知っていたように思う。それは煙草の火よりも、もっと小さい、闇の中に一瞬だけ浮かぶ赤い光だった。

「あ」と感じたときにはもう消えている。

その光が何を示唆《しさ》していたのか自分には分からない。その光を目にしたときに感じる思いを言葉に置き換えることもできない。ただ、「あ」のひと言が口から出て、感情が渦巻きのようなものに呑まれて、もどかしいような、息苦しいような、それでいて、嬉しく喜ばしいような、そうした矛盾した思いに取り込まれる。

それはいつも一瞬のことでしかなかった。

胸に灯る赤い光はその一瞬だけで、しかし、その一瞬を引きのばして、自在に操ることができる人を僕は子供のころに発見した。

アキヤマ君だ。

彼は、カナさんが云うところの「もうひとつの目」を携えてこの世に生まれてきた少年だった。

ここで「少年」と彼のことをそう呼ぶのは、彼が少年のままこの世から消えてしまったからで、もし、彼がいまもそばにいて、僕と同じように歳をとって、笑ったり泣いたり怒ったりしていたら、どうなっていただろう。

そう考えると、カナさんの「もうひとつの目」は、「少年の目」と云い換えていいのかもしれない。その方が、アキヤマ君の存在を通して自分のことのように腑《ふ》に落ちる。

アキヤマ君は僕の知らないことを知っていた。僕の知らないものを見ていた。彼もまたそれを言葉に変換することができないようだったけれど、ときおり、彼はあきらかに見えない誰かと会話をしているときがあった。

それがたとえば、いつでも森の中で起きていたのなら、彼の相手は樹の幹から抜け出した魂や精霊といったものと考えられた。つまり、彼の話し相手は、彼にとって親しい間柄の、いまはもうこちらの世界からいなくなってしまった人、というふうに僕には思えた。

そう考えてしまうのは、あくまでいまの僕の頭で、そのときのまだ子供だった僕の頭が樹の精霊と死者とを比較できたとは思えない。単にそう感じとったまでで、何度もそのときの場面を反芻するうち、自分の考えが言葉になって、こうした印象に熟した。

彼はあらゆる人たちと、すぐに心を通い合わせた。そういう少年だった。子供ともお年寄りとも、アルフレッドのような外国人とも。

同じ要領で、人ではないもの——草木や虫や小さな生きもの、空や雲や舟といったものにまで耳を傾けた。それらが発しているであろう声を聞きとっていた。

「今日は眠いと、空がそう云ってる」

そんなことを彼は口走った。

「え?」と振り向いて彼の顔を見ると、彼はあわてて横を向いてごまかした。

「ああ、そうなんだ」と樹に話しかけ、「分かった、気をつけるよ」と虫に謝っているのを見たこともある。

いや、それだけではない。樹や虫と話すときとは違う、何かもっと哀切なものが彼の身の内に押し寄せているような、そんな様子で、見えない誰かと言葉を交わしていた。


「カナさん」

僕はフィルムがひとつ終わり、しわひとつないシーツに何も映さなくなったのを見はからって声をかけた。

「その——もうひとつの目が見る世界というのは、もう、この世にいない人たちのいる世界と考えていいのでしょうか」

「そうね」

カナさんは、しばらく唇を噛んで考えているようで、慎重にゆっくりと「そうじゃなくて」と首を横に振った。

「もちろん、それも含まれているとは思うけれど、わたしがいま使える言葉では、やっぱり、見えないもの、というふうにしか云えない。それが、そのまま亡くなった人たちを指しているのではなくて、もっと小さなものから想像を超えるような大きなものまで、それはもう、本当にいろいろなものを指していると思う」

「いい？　太郎君。これはまったくわたしだけの思いだけど、わたしは、そのもうひとつの視線の先にあるものに、ずっと魅了されてきました。あなたがわたしに訊いたとおり、シの音に表されるものは一冊の詩集に集められた一篇の詩を意味するのか、それとも、命を持ったものがこちらからあちらへ渡っていく死のことを云うのか——さて、どちらなのか、わたしには分かりません。それは、わたしの中で分かち難いひとつのものになっていて、だから、平仮名でもカタカナでもいいけれど、シという音、その響きに結晶したものを、わたしはいつでも探しています」

カナさんの人差し指と中指のあいだで煙草が燃え尽き、いままさに赤い火が消えようとしていた。カナさんは灰皿を探し出して手もとに引き寄せ、赤い火を灰皿に押しつけて消すと、すぐにまた、あたらしい煙草に火をつけた。

そのあいだずっと視線をさまよわせ、たしかにカナさんはそうして見えざるものを宙空に探り出そうとしているようだった。

「だからね、どっちでもないの。わたしの思うシは詩集の中にも見つからないし、弔いの中にも見つからない。どっちでもあって、どちらでもない。そのふたつがひとつになった、言葉の意味を超えたものなの」

いま僕はガケ下の町から坂をのぼってガケの上のカナさんの洋館にいる。ここは、このあたりでいちばん高いところに近い。だから、この洋館の二階の窓からは、ガケの下の僕らの町をぐるりと俯瞰《ふかん》できる。そういうところに自分はいて、音のない色褪《あ》せた映像の断片を観ては、カナさんが求めている「シの世界」について、二人で考えていた。

二人が考えるということは、ふたつの頭が同時に考えているということで、僕はアキヤマ君を思い出し、おそらく、カナさんもまた誰かのこと——それはやはり御両親であったろうか——を想っている。

想うことで、この世からいなくなった人たちが、僕とカナさんの頭の中に召喚されているのだとしたら、ここに僕とカナさんが存在している以上、ふたつの頭の中の人たちもまた、いまここにいることになる。

これを、この夜に学んだことのひとつに数えていいかどうか分からないけれど、この思いを忘れたくないと、僕もまた唇を噛んでいた。

＊

カナさんの洋館を出て、夕方の終わりにのぼってきた坂をおりていくと、見おろした町が海のように見えた。

時間の海だ。

いくつもの時間が波間であえぎ、あえぎながら、月の光を浴びて音もなく漂っている。

繰り返しになるけれど、僕の腕時計はあてにならない。が、ただ「夜」の一字がそこにあって月が出ていれば、現在の正確な時間などどうでもよかった。

僕は——いや、僕とカナさんは少しばかり謎めいた8ミリフィルムをひとつひとつ観ていくつもりだったのに、何本か観たところで、その断片的なことに少しばかり退屈してしまった。

その一方で、自分の中でくすぶっている別の記憶に促され、その思いを口にしないではいられなくなった。

その結果、フィルムを検める作業は進まず、カナさんはいったい何本の煙草を灰にしたのだろう。僕は煙草の代わりに、見知らぬ時間のかけらをいくつも吸い込んだ気分だった。

坂をおりるにしたがい、時間の海に自分の体が浸され、夜はまた一段と静寂を深めていくように思われた。

あるいは、8ミリフィルムに音がなかったからなのか、現実のこの夜の風景からも音が消されたようで、代わりに、子供のころ、図書館の行き帰りに耳を澄まして聞いた、森を渡っていく風の音に似たものが坂下から這《は》い上がってきた。

（そうか）

8ミリフィルムが無音だったせいで、僕もカナさんも見ることばかりに意識を持っていかれた。でも、僕らには耳や鼻もある。坂をおりきって町に戻れば、無音の世界からも帰還して、耳がいくつもの音を聞くことになる。

それがもし、微細な音の連なりであったなら、そうした音の中に、本来、聞こえるはずのない音が聞こえてくることがあるかもしれない。

目の話だけではない。見えないものが見えるだけではなく、聞こえないものが聞こえてくる夜がある。現にアキヤマ君は、彼らの——見えないものたちの声を、夜を待つまでもなく、常に聞きとっていた。

こんなふうに考えが進んでいくのは、静寂の中に低く唸るような音を聞きとっていたからだ。坂をおりきると音は確かなものとなり、今度は耳ばかりが意識されて、「少年の目」ではなく、「少年の耳」がよみがえってきた。

あてにならない腕時計が、一秒また一秒と刻んでいく音が聞こえる。

坂をおりた先には暗渠《あんきょ》となった川の名ごりが待っていて、嘘のようだが、足の裏のずっと下の方から、見えなくなった川の音が聞こえてきた。

頭上では桜の枝が風にしなる音が鳴り、風そのものに音はないとしても、だからこそなのか、風はあらゆるものをざわつかせながら、音を呼び込んでいる。

アキヤマ君は、そうした音を余すことなく聞きとろうとしていた。彼がいまも川のそばに昔のまま住んでいて、夜おそくにアパートのドアをノックして、「やぁ」と気楽に会えたなら、会うなり僕は真っ先に訊いてみたい。

君には聞こえていたのだろう?

「え? 何のことだい」と、もう少年ではなくなった彼はそう云うかもしれない。

だとしたら、それならそれで、彼と会えなくなってしまったことに意味が与えられる。彼が少年の姿のまま記憶に留まっているおかげで、僕の目と耳は彼の記憶を呼び戻すたび、少年のころのそれに戻される。

そういうことなのか、アキヤマ君。

だとしたら、僕は彼の代わりに彼のように耳を澄まし、この夜に風がざわつかせているすべての音を聞きとれないものかと願う。

彼の代わりに、いつからかそうしてきた。

いつからだろう。

そのときが本当に彼が遠くへ行ってしまったときで、それからというもの、僕は彼が僕の中に残していったものを引き継ぎ、自分の中にアキヤマ君がときどき帰ってくればそれでいいと思うようになった。何をそんな夢のようなこと、と笑われても、他にどうしようもない。

僕が思いつくのはそんなところで、彼の代わりにできることなど本当はひとつもなかった。ただ思いついたことを試してみることで、少しでも彼を呼び戻せるのなら、耳を澄ますために目を閉じることは何ほどでもない。

彼はいつもそうしていた。

誰にも聞こえない声や音を聞きとるとき、ふたつの目を閉じて、それらと交感していた。

何のことだい？　と君は笑うだろうか。

いいんだよ、アキヤマ君。

僕は君が誰かと話していたことを思い出し、君は何を見ていたのだろう、と繰り返し考えてきたけれど、そうすることで、こうして君をそこに見て、君の声をこの耳で聞いている。

それで、僕は君をなぞっている。

君が耳を澄ましていた様子をそっくり真似て、もう一度、君と話ができないものかと、見えない川のほとりに立っている。

*

だから、その音を聞いたのが僕自身の耳であったのか、それとも、僕の中によみがえったアキヤマ君の耳であったのかは分からない。

が、音は振動になって僕の脳に伝わり、夢の世界に引き込まれるのではなく、むしろ、夢から現実に引き戻されて、

(あ、あの音だ)

夜の空気を震わせている低く唸るような音をとらえていた。

音はいつものように旋律を奏で、あいかわらず聞いたことのないメロディーだったが、コラムにも書いたあの音に違いない。

ミユキさんの言葉がよみがえった。

「無垢チョコ工場から流れてくるように聞こえるんだけど」

ミユキさんは、あの音楽を奏でているのは、「幽霊だよね」と云っていた。

「幽霊が弾いているのよ、あのヴァイオリン」

ミユキさんは、毎晩、幽霊に会っているとも云っていた。だから、幽霊なんて怖くないし、「ああ、そういうことなんだなって、このごろはそう思うの」と云っていた。

それらの言葉が、ミユキさんいわく「ヴァイオリンの低音部だけを弾いている」音と重なり、こちらの胸の真ん中に赤い光が灯り始める。

「そのうち、太郎君も会うことになると思うよ、幽霊に」

ミユキさんは話をそうしめくくった。

音が何かと何かをつなぐように響き、その何かと何かは、ミユキさんの云う「幽霊」であり、僕の中に帰ってきたアキヤマ君を意味していた。

そういうことなのか。

そのふたつは、ひとつのものなのだ。

ミユキさんもまた僕と同じように「彼の代わり」を繰り返してきたのかもしれない。もういちど彼と会うために。彼の目と耳を忘れないために。

ならば、僕も怖れることはない。

見えない川を向こう岸に渡り、二丁目の住宅地から西へ少し行けば、そこはもう無垢チョコ工場につづく路地になる。子供のころの遊び場でもあった。アキヤマ君と工場の中を覗きに行ったこともある。

音が得体の知れない怪物の尻尾のように路地に伸びてきて、近づきつつある者を尻尾で搦めとるように誘ってきた。

僕は怖くない。

幽霊だろうが怪物だろうが、この夜を往《ゆ》く僕は、もう何だって怖くない。

ただ、これまで遠ざけていたものに近づきつつあり、その正体を明かすのが、いいことなのかどうか分からない。もし、僕の足どりが重たげに見えていたとしたら、それは恐怖からではなく、音の正体に出会ってしまうことへのためらいからきたものだ。

工場に近づくほどに音は大きくなり、予想されていたとおり、その低い旋律が工場の中から流れ出ているのは疑いようがなかった。次第に路地の暗さにも目が慣れてきて、そのうち工場の門が見えて、遠目に見ても、わずかに開いているのが確認できた。

いよいよ、音はこちらの腹の底にまで響いてくる。

もう目を閉じる必要もない。

門の中の暗がりに目をこらすと、見覚えのあるシルエットが、かろうじて浮かび上がってきた。

カワサキのバイクだ。

流星シネマ

ぬるい
缶コーヒー

Otōto

音はまだ耳の中に残っていて、その音が現実の町に響いているのか、それとも、自分の耳の中だけに鳴っているのか分からなかった。

無垢チョコ工場の門の中にカワサキのバイクが停めてあり、それは〈オキナワ・ステーキ〉にあらわれる、あの男のバイクに違いなかった。あの男が取り落としたケースの中から、ほかでもないヴァイオリンが転げ出てきたのだから、工場の中から聞こえてくる音は、あの男が弾いているものと思われる。

たとえば、もう一歩踏み出して門の中に入り、さらにもう一歩踏み込んで、工場の中の様子を覗き見ることもできた。この町のあれこれを伝える新聞をつくっているのだし、取材と称して、事情を聞き出すことも可能だ。

でも、その一方で、何をどう訊けばいいか迷いがあった。もし、騒音とみなされて近隣の住民から抗議の声が〈流星新聞〉に届いていたのなら、住民の代弁者として話ができた。が、そうした声が届いているわけではなく、この音に敏感に反応したのは、僕が知る限り、ミユキさんだけだった。しかもミユキさんは、音の源が「幽霊によるもの」だと云うのだから、その音はやや誇張されて、おかしな具合に届いているとも考えられる。

つまり、住民の多くが眉をひそめる音ではなく、僕やミユキさんは耳をそばだてて聞こうとしていたから、実際より強い印象になっていたのかもしれない。

こうした思いが胸の中で行きつ戻りつし、結局、僕はバイクの存在を認めたことに満足して、工場をあとにした。

それにしても、僕の予想は当たらない。

誰かが僕のあとをつけていた。足音がごく控えめに聞こえ、おそらく、僕をつけていることを知られたくないのだろう。いつも、誰かに見られているような気がすると云っていたミユキさんの言葉を思い出した。

ということは、幽霊か。

でも、僕の予想はいつも当たらない。誰だろう、と振り向く前に、

「ねぇ、聞こえてる？」

ミユキさんが足早に駆け寄り、それから、そのまま編集室まで並んで遊歩道を歩いた。

「聞こえるよね、あの音」

「うん、聞こえます」

そう答えたものの、本当のところ、自信がなかった。でもやはり、ミユキさんにもあの音が聞こえているらしい。

「ミユキさん、どうして――」

僕のあとをつけてきた理由を訊こうとすると、

「太郎君に会いたくなったわけではなくて、一人になりたかっただけなの」

すかさず、そう云った。

「でも」と僕が反論しようとするのをさえぎり、

「分かってる」と声を落とした。

「わたしはいま一人で暮らしているんだから、いつでも一人なの。だから、昔みたいに――親と暮らしていた高校生のころみたいに、一人になりたいから、アルフレッドの編集室に来るのはおかしいって云いたいんでしょう」

さすが、ミユキさんは話が早い。

「そんなことは、もちろん、わたしも分かってます。でも、自分の部屋に一人でいるとね、だんだん息苦しくなってきて——一人になるっていうのもいろいろあって、たとえ、隣に人がいても、必要以上のコミュニケーションをとらなければ、それはもう一人でいることに限りなく近いわけ」

ミユキさんの話を聞いているうち、いつのまにか編集室に到着していた。音はもう聞こえなかった。耳の奥からも聞こえてこない。

「この星」

ミユキさんは入口に飾ってある錆びついた星を指差した。

「ずいぶん年老いたよね」

「僕もミユキさんも同じように錆びてしまったってことです」

「太郎君って、昔からそういうところある」

「そういうところ?」

「厭世《えんせい》的。悲観的。自虐的」

それはきっとそうなのだろう。

鍵をあけてドアを開き、ミユキさんを中に招き入れながら灯《あか》りをつけた。窓をあけ、夏が終わって秋が始まっていく、この季節だけの穏やかな夜の空気を部屋の中に取り込んだ。

モカの寝息が聞こえる。

ミユキさんは学生のころと同じく、大きなテーブルの端の席につき、帽子を脱いで髪を撫でつけると、「ここに来ると、ホントに落ち着く」と息をついた。

「お茶でもいれましょうか」

「いいの、おかまいなく」

ミユキさんは手提の中から缶コーヒーを二本取り出し、一本を自分の向かいの席に置いて、「どうぞ」と静かな声になった。

あらかじめ二人分の缶コーヒーを準備し、「一人になりたい」と訴えながらも、自分の向かいの席に僕を誘っている。これはきっと、何か話したいことがあるのだろう。

「いただきます」

ミユキさんの向かいに座り、缶コーヒーのプルタブを引いて、熱くも冷たくもない、おそらくは、もともと熱かったのがぬるくなってしまったコーヒーを口に含んだ。

「でも、太郎君はこの世界に対して愛があるもんね」

「え？」

唐突な言葉にコーヒーをこぼしそうになった。

「厭世的で、悲観的で、自虐的だけど、結局は、この世界が好きなんでしょう？　でなければ、新聞なんてつくろうと思わないよ」

それはそうかもしれなかった。ミユキさんの指摘は大体いつでも正しい。

「わたしもたぶんそう」

ミユキさんも缶コーヒーの蓋をあけて口をつけた。

「なにこれ、ぬるくない？」

「いつ買ったんですか」

「一時間くらい前かな。コンビニに寄って、その足でここへ来たんだけど、真っ暗で中に入れなかった。なぁんだって、その辺をうろついていたら、また、あの音が聞こえてきたの」

「あ、そういえば、あの音の正体なんですけど」

「まさか、分かったの？」

「まだ確かなことは云えないけど、少なくとも、幽霊ではないです」

「そうなの？　じゃあ、誰なの」

「あのヴァイオリンを弾いているのは、〈オキナワ・ステーキ〉の常連客で――」

「男の人？」

「そう」

「その人って」とミユキさんは窓の外の桜の木をしばらく眺め、「アキヤマ君に似てる？」と桜を見たまま、つぶやくように云った。

「アキヤマ君に？」

　意表をつかれて戸惑ったが、頭の中の引き出しから、ステーキを食べていた男の横顔を取り出して吟味してみた。

「いや、まったく似てないです」

「そう？」

「というか、アキヤマ君はまだ少年だったたし、その人は青年の終わりに差し掛かったような感じだから、比べるのは難しいです」

「じゃあ、アキヤマ君が大人になって帰ってきたとか、そういうことではないわけね」

「というか、ミユキさんはアキヤマ君のことが忘れられないんですね」

　こんなにストレートに訊くべきではなかったかと思ったが、「うん」とミユキさんは子供のように頷いた。

「覚えているどころか、ずっと想ってきた」

「本当に？」

「だって、彼はわたしたちと違って、どんなことに対しても肯定的で、楽観的で、すごく明るかったでしょう。見習うべきところがいっぱいあった」

　それもまた、まったくそのとおりで、ミユキさんにそう云われると、僕がアキヤマ君に魅かれていた理由はそれだったのだと、いまにしてピントが合った。

「でも、アキヤマ君はこの世界を愛していたというより怖れていたんじゃない？」

「怖れてた？」

「彼はわたしたちよりずっと早く世界の在り様を身をもって学んでいたでしょう。わたしたちが大人になって、ひとつひとつ学習していったことを――たとえば、あきらめる気持ちとか、そういった思いをね、彼は誰よりも早く理解していた」

　ミユキさんの言葉は淀みなく、たしかにミユキさんは長いあいだアキヤマ君のことを想いつづけてきたのだと窺《うかが》い知れた。

「ちょっと待ってください」

僕は話を整理するべく、あたかも机の上にミユキさんの話が散らばっているかのように俯瞰し、散らばっていたものを手繰り寄せて、順番を整えて、そもそも、どこから話が始まっているのか考えた。

「そもそも、ミユキさんはどうしてここへ来たんですか」

「それはだから、一人になりたかったから」

「じゃあ、どうして一人になりたかったんですか」

「アパートの部屋に一人でいると、彼があらわれて混乱してしまうから」

「彼？」

「アキヤマ君が」

「あらわれる？」

「幽霊になってね。だから、一人になりたいのに彼と二人になってしまうわけ。そうすると、冷静に物事を考えられなくなる。お店を開くこととか、これからどうしようとか。だからまぁ、太郎君となら一人のまま話せるような気がしたから――」

それはつまり、僕といるときは「一人」が「二人」にならないということなのだろうか。

「いつから、そうなんです？」

「もうずっと前から。あなたたちがあの小さな舟で海に出て、鯨に会おうとしたときから」

「鯨に？」

「そうなんでしょう？　アキヤマ君がそう云ってた。図書館の帰りにね。鯨のことを色々調べたあと、この町には二百年前に鯨があらわれた記録が残っているって。わたしも、その話はおじいちゃんから聞いたことがある」

「二百年前だけじゃなく、二十五年前にも、もう一度来たんです」

「そう。そのこともアキヤマ君は気にしていて、二百年前の鯨は二度目の鯨の祖先で、自分のルーツを探すために、行方を追って川をさかのぼってきたんじゃないかって」

そんな話を聞いた覚えはなかった。アキヤマ君はただ、「川を下って海に出よう」と云ったただけだ。その背景に鯨の存在があったことを、僕にもゴー君にも明かさなかった。

「神様なんだよって彼は云ってた。鯨は自分にとって神様で、また、この町に鯨が帰ってくるなら、僕は神様と話がしたいって」

「それは子供のころにアキヤマ君がそう云ったんですか」

「そう。子供のころにね。それから、いまもずっと。海の向こうへ消えちゃって、幽霊になって、わたしの部屋に帰ってきて、それからずっと。鯨の神様と話がしたいって」

「何を？」と僕は少し言葉が乱暴になっていたかもしれない。「何を話したいって？」

ミユキさんは僕の目の奥にあるものを探るように五秒ほど黙ってこちらを見ていた。それから、ゆっくり首を横に振り、

「それは分からないの」

声を落としてそう云った。


ミユキさんと僕はぬるいコーヒーを飲んだ。コーヒーの味などしない。ただ甘ったるく、その感触は、川の水を口に含んでしまったときの、あの嫌な感じを思い出させた。

＊

それから三日が過ぎ、いまにも雨が降り出しそうな雲が垂れ込めた午後のことだった。

書きかけになっていたいくつかの記事を整理し、次の号へ向けて、ひとつひとつ仕上げていたとき、「ごめんください」と玄関で声がした。顔を上げて来客者を確かめると、〈バイカル〉の椋本さんで、なにやら大ぶりな銀色の箱を抱えている。それを玄関口に置いたところで、「いらっしゃい」とテーブルに誘った。

「ぼくは兄ではありません」

彼は口もとに笑みを浮かべていた。

「ぼくは、ほら、弟の方ですよ」

「あ、考古学の」

「そうです、そっちの方のムクモトです」

弟さんはテーブルの上に筆箱ほどの大きさの灰白色の平たい箱をひとつ置いた。

「こういうものが見つかったんです」

蓋をあけ、中から出てきたガーゼにくるまれたものを開いてみせると、冷静さを装っていたが、手が震えて、一瞬、中のものをテーブルに落としそうになった。

「骨です」

どきりとした。

「骨」と呼ばれたそれは五百円玉くらいの大きさの白い破片で、その白さには生々しい艶があり、ちょうどゴー君の中指の根もとから覗き見えた、あの真っ白な骨によく似ていた。

「これは前にお話しした、ぼくがずっと探していた骨です」

「というと」

「ええ。二百年前の鯨の骨です。ようやく見つけたんです。三丁目のガケ下で」


話を聞いてみると、こういうことらしい――。

この町に古来、云い伝えられてきた話をまとめてみると、二百年前に川をさかのぼってきた鯨の亡骸《なきがら》は川べりに埋葬されたものの、あまりに巨大であったため、地中深く埋めることが叶わなかった。形ばかりの埋葬が年月を経て土となり、巌《いわお》となっていつしかガケになった。

ガケが鯨の形をしているのはそうした理由によると云われているが、そうした話はあくまで云い伝えで、鯨がそのままガケと化したのは事実とは思えない。しかし、いまガケとなっているあの一帯のどこかに、二百年前の鯨が埋葬されている可能性は否めず、独自に調査をしてきたが、芳しい成果をあげられなかった。ひとえにガケの全域に住宅が密集し、容易に掘り起こすことができなかったからだ。

が、ここへ来て、家主の世代交代によって家屋を相続しきれず、土地ごと手放す住民が増えてきた。いくつかの物件は上物《うわもの》を壊して更地にする必要に迫られ、そうした工程において、たまたま発見されたのが、このわずかばかりの骨だった。おそらく、より深く掘り起こせば、さらなる成果が見込め、この機運を逃さないためにも、

「ぜひ、〈流星新聞〉で取り上げていただきたいのです。住民の皆さまに事態の重要性を訴えていただきたい」

そういうことらしい。

とはいえ、「住民の皆さま」が二百年前の鯨の骨をどれほど重視しているかは計り知れない。記事にするのは簡単だけれど、この小さなかけらが二百年前の鯨の骨であると科学的に実証されない限り、これまでと同様、云い伝えの域を出ない。

「ええ、そうなんです」

弟さんは肩をすぼめた。

「まだ、いろいろと不備はあります。でも、確信があるんです。予感もあります」

弟さんの誠実さは話を聞くほどに伝わってきた。でも、こうした発見は最初のうち何ら

賛同を得られない。夢見がちなロマンチシストの妄想と片付けられて終わりだ。

「分かりました」

ひとまずは、そう答えておいた。

「これだけでは何とも云えませんが、現状をありのままお伝えするのであれば、小さな記事にできます」

「ありがとうございます」

弟さんはたしかにそう云ったようだったが、その声がかき消されるかのような勢いで窓をパチリと打つものがあった。パチリ、パチンと連続し、石でも放たれているのかと腰が浮きかけたところで、

「雨ですね」

弟さんはまるで部屋の中に雨が降り出したかのように、テーブルの上にのせてあった白い骨を素早く箱の中に戻し入れた。

「用件は以上ですので、また日をあらためまして、詳しいご相談をさせてください」

弟さんは小箱を胸に抱いて立ち上がると、玄関口に置いた銀色の箱のかたわらに身をひるがえして素早く寄り添った。雨音がさらに勢いを増している。

「傘はお持ちですか」

「いえ、傘などいりません」

弟さんはなぜか不敵な笑みを浮かべていた。

「太郎さんだけにぼくの秘密をお教えしますが、じつは、ぼくは出前持ちなのです」

「出前持ち？　ですか」

「最近では、デリバリーだの宅配だのと云われていますが、ぼくの場合は、昔ながらの蕎麦屋の出前持ちなんです。二十七のときからです。それがぼくの本職です」

「そうでしたか」

「じつを云いますと、いまも出前をひとつ終えた帰りで、ちょうどこちらの方に出前があったものですから」

そう云って弟さんは銀色の箱に手をかけ、そうした話を聞いてからよくよく見れば、その銀色の箱は、出前持ちが運んでいるあの岡持《おかもち》にほかならない。

「この中にですね」と弟さんが岡持の蓋を外すと、中に黒々としたものが――大きなコウモリの羽を思わせる何かが詰め込まれていて、それを引きずり出しながら、「これが雨よけです」と披露してみせた。真夜中のように黒々としたゴム製の合羽《かっぱ》で、しっかり頭を覆うフードも付いていて、その合羽に見合う漆黒のゴム長靴まで出てきた。

「こいつがあれば、雨など何でもありません」

合羽と長靴を慣れた手つきで身につけ、体になじませるようにして部屋の真ん中に立った。黒いコウモリの化身が、フードに隠れた前髪の奥から二つの目を光らせているようだ。

右手で銀色に輝く岡持を持ち、骨を収めた小箱を、この世の最後の秘密であるかのように岡持の中にうやうやしくしまい込んだ。

「では」

弟さんは一礼し、さらに強くなってきた雨脚をものともせず、

「また、近いうちに」

そう云い残して、雨の中へ走り出ていった。

流星シネマ

流し目とポーカー・フェイス

Harumi

雨がつづいていた。

雨の降る一日が、次の雨が降る一日につながり、途切れることなく、まったく容赦なく、町が雨で充たされていく。

このガケ下のへこんだ町は、おそらく、大昔には谷だったのだろう。谷にはさまざまなものが流れ込み、ときに好ましくないものも流れ込んでくる。

水だ。

もちろん、水は何より必要なものだ。しかし、必要以上の水は何よりも好ましくない。暗渠になっているとはいえ、遊歩道となったそのコンクリートの下には、いまも川が流れている。その証拠に、こうして雨が降りつづくと、いつもは静かな見えない川が、水しぶきをあげて流れているさまが目に浮かぶほどの音をたてる。

地下からその音が聞こえてくる。

水かさを増してせり上がり、坂の上から流れてくる水と、足もとからせり上がってくる水で、町が水没してしまうのではないかと落ち着かなくなる。


僕には気持ちを鎮めたいときに行くところがなかった。

正確に云うと、いま自分がいるこのアルフレッドの仕事場——〈流星新聞〉の編集室こそが、心おだやかに過ごしたいときの唯一の居場所だった。でも、そこに常駐するようになってしまったのだから、もうひとつ別の避難所を探す必要がある。はたして、この町にそんなところが見つかるだろうか。

傘の下で考えながら、〈オキナワ・ステーキ〉に足を運んだ。

いつもよりずっと早い時間で、いちおう夜にはなっているし、そもそも、いつもの時間が遅すぎるだけで、夜の食事をとる頃合いとしては、きわめて真っ当な時刻だ。

けれども、ゴー君は僕を見るなり「あれ？」と云った。「早くない？」

「そうねぇ」と口ごもると、ハルミさんが例の流し目でこちらを見ていて、僕が雨のせいで気分がすぐれないのを察しているようだった。

「こう天気がおもわしくないと、誰だってねぇ」

「誰だって、何？」とゴー君がカウンターの中で腕を組んでいる。

「誰だって」とハルミさんはしばらく考え、「誰だって」と、もう一度繰り返すと、

「昔からの友達に会いたくなるんじゃないですか」

「そうなの？」ゴー君は釈然としない様子で僕の顔を見ていた。「何かあった？」

「いや」と僕は首を振る。「大したことじゃないけど、ほら、あのヴァイオリンを抱えた」と云いかけたところで、「ああ、あの男」とゴー君の声が大きくなった。

「あの男がどうかした？」

「いや、チョコレート工場でね」

「チョコレート工場？」

「そう。あの工場の中でヴァイオリンを弾いてた」

「本当に？　太郎はそれを見たのか」

「いや、見てはいないんだけど、工場の入口にあの男のバイクがさ——カワサキのバイクが停めてあって、ミユキさんが云うには、あの音はヴァイオリンの低音部だけを弾いているんじゃないかって。何やら聴き慣れないメロディーを繰り返し練習しているようで」

「どういうこと？　勝手に工場の中に入り込んで練習所代わりに弾いているってこと？」

「まぁ、そんなところかな」

「じゃあ、いよいよ怪しいだろう。殺し屋っていう、われわれの予想は当たっていなかったけど、今度は不法侵入の疑いが出てきた」

「それに、騒音罪というのはないのかしら」

　ハルミさんが、ふと思いついたように云った。

「ふうむ」と僕は腕を組む。「騒音罪っていう呼び方が正しいかどうか分からないけど、何かしら罰を受けてしかるべきことかもしれません。ただね、案外、騒音というわけでもないんです」

「あら、そうなの」とハルミさんは拍子抜けしたように表情を崩した。

「ええ。低い唸るような音なので、車のエンジン音や空調の室外機の音なんかに近いです。音量はそれなりにあるけれど、どことなく耳に馴染《なじ》んだ音で」

「いや、仮にそうだとしてもね」ゴー君が息巻いた。「夜中にヴァイオリンを弾くなんて、どうかしてるだろ。今度、店に来たら、本人に訊いてみようか」

「本当に訊けますか」

ハルミさんがくすりと笑ったので、

「そのくらいはね」

ゴー君の言葉に鼻息がまじったところで店のドアが開いた。

「あ」「あ」「あ」

僕とゴー君とハルミさんの三者三様の「あ」が入り乱れた。

あの男だった。折よくと云うべきか、折悪《あ》しくと云うべきか、「噂をすれば影」とはまさにこのことだ。男は雨の音を背中に受け、当然ながら、雨滴を存分に浴びて立っていた。僕らの噂によって導かれた「影」となってそこに立ち、「影」にふさわしい黒いレインコートを着て、ぐっしょりと濡れた傘をすぼめていた。

どうやら、さすがにバイクで来たようではない。ヘルメットもいつものあのヴァイオリンを入れた革ケースも携えていなかった。

ゴー君はといえば、男から目を逸《そ》らしたままで、いつもの席についたことを気配で確かめると、ステーキを注文する男の声に耳をそばだてていた。

「あの」とハルミさんが男に話しかける。

「はい?」と男はハルミさんの声に反応し、ハルミさんは、「あの」と繰り返して、

「今日はヴァイオリンをお持ちではないんですね」

いきなりそう切り出した。

ゴー君はポーカー・フェイスだ。

彼はこれまでじつにさまざまな客を相手にステーキを焼いてきた。中には、おかしなことを云い出す客もあり、そうしたときに、ポーカー・フェイスでやり過ごすのがゴー君のマナーだった。仮に、店やステーキの味に難癖をつけられて相手が喧嘩《けんか》ごしになっていても、常に冷静なポーカー・フェイスを保ちつづけるのが彼のやり方だ。

「今日は——ええ、そうですね」

男はそう答えた。「今日は」のあとに何か云いかけたようだったが、声が小さく、雨の音に消されて、なおさら聞きとれない。

「今日は雨が降っているからですか」

ハルミさんがさらに踏み込むと、

「ええ。ケースに穴が空いていましてね、このくらい強く降っていると、ケースの中が水浸しになってしまうんです。だから——」

声は小さかったが、男は話し始めると意外に饒舌《じょうぜつ》だった。でなければ、この男もまたハ

ルミさんの流し目に射貫《いぬ》かれてしまったのだろう。ハルミさんはほどけかかっていたエプロンの結び目を締めなおし、

「今夜は練習をされないんですね――チョコレート工場で」

核心をつく質問を投げかけた。

「え？」と男は驚いている。僕も驚いた。ハルミさんはおそらく僕の話を聞いただけなのだから、チョコレート工場がどんなところなのか知らないはずだ。にもかかわらず、いかにも見てきたかのように――ともすれば、男が工場の中でヴァイオリンを弾いているのを覗き見してきたかのように、意味深な目つきで男を煽《あお》った。

さて、ここから先は男が自ら語ったことだ。

たぶん、男もここまで話す気はなかっただろうし、店にいたのがゴー君だけだったら、いつものポーカー・フェイスで話は進まなかった。そう思うと、ハルミさんの流し目は相手の心をひらく格好の武器だった。

男の名は丹後《たんご》といって、いまは電気工事の仕事をしているという。しかし、少し前まではチョコレート工場で働いていたらしい。

「結局、兄と私の二人だけになってしまって」

男はそう話し始めた。

兄があの工場を営んでいたんです。二人でなんとか工場を立て直したいと奮闘していたんですが、とうとう、にっちもさっちも行かなくなって。もう何年も前から受注が減っていて、ある日、「あとは頼む」と書き置きを残して、兄が消えてしまったんです。

兄はいわゆる「お人好《ひとよ》し」でした。なんでも安請け合いしてしまうんです。何度も騙《だま》されました。兄はいつでも「いい人」でいたかったんです。先代の――私たちの父がまったくもって駄目な人でしたから、「親父のようにならないように」が私たちの合言葉でした。いつでも、「いい人」であること。兄はその一点にこだわりました。

でも、「いい人」と「お人好し」は違います。私は兄を見て学びました。つけ込まれたんです。「いい人」でありつづけようとする兄につけ込んで、いくつかの業者が支払いを踏み倒しました。

兄がそんなでしたから、私は現実的であろうと努めました。しかし、いざこうなってみると、この先、どうしていいか分かりません。一度失ってしまった信頼はなかなか取り戻せず、チョコレートをつくるための道具も機械もすべて売り払わなくてはなりませんでした。だから、ご存知かもしれませんが、工場の中にはもう何もないのです。残ったのは工場の建物と古ぼけた看板と――そして、私だけです。

ヴァイオリンは子供のころに習っていました。まだ父が羽振りのよかったころで、驚くような値段のヴァイオリンを買ってもらったんです。だから、あれだけは手放せません。他にすることもないし、これといって行くところもないので、それで、工場でヴァイオリンを弾くようになりました。

練習？　演奏会の？

いえ、私は楽団やオーケストラに所属していません。人前で演奏をする機会もありません。ただ、ヴァイオリンを弾くことは、いつでも「練習」なんです。たとえ、演奏会が予定されていなくても、勝手に架空のコンサートをでっちあげて、当面の目標にするんです。子供のころからずっとそうしてきました。ひとり遊びのようなものです。たとえば、三ヶ月後に区民ホールで私が所属するオーケストラの定期演奏会があり、そこで私は何曲か演奏することになっている。そういう夢を描いて、夜な夜な練習をするわけです。

ヴァイオリンを弾いているあいだは別の世界に行けます。現実逃避です。いまの自分にはそうしたものが必要なんです。

「大きなものに呑まれちゃ駄目だ」

父も兄もそう云っていました。でも、結局、父も兄も大きなものに——何かとても悪いものに呑まれてしまったんです。だから、せめて私だけでも呑まれないようにしないと。

ヴァイオリンを弾いていると、自分が大きなものに同化するような気分になるんです。大きなものに呑まれるのではなく、自分が大きなものになっていく——そんな感じがするんです。

大きなものに呑まれないためには、自分が大きくなるしかありません。じつを云うと、こうして毎晩のようにステーキを食べているのは、少しでも大きくなりたいからです。

いいえ、もちろん、体も大きくなりたいのですが、毎日、ステーキを食べるようなエネルギーを持ちつづけたいということです。私が素晴らしいと思うヴァイオリニストは、皆、ステーキを食べています。ヴァイオリンを弾くことは、皆さんが想像している以上に重労働です。というか、何か予感のようなものがあるんです。ときどき、体の中でその予感が脈動します。血が音をたてて流れていくように、体の中から声が聞こえてきます。声というか鳴き声というか。

それはとても哀しい声で、哀しいけれど、何かを求めている。何か新しい次のことを探している。そういう声です。それは、たぶん私自身の声でもあるのでしょう。この先、どうしたらいいのか、未来を探る自分の声であるのかもしれません。

しかし、どうもそれだけじゃない。

何かとんでもなく大きなものが、いつか必ずあらわれると予感するのです。子供のころからずっとそう感じて、ヴァイオリンを弾くたび、その大きなものがやって来るのを予感していました。

だから、私は備えているわけです。いつかやって来るそのときのために、私は私の音楽をつくり、ひたすらヴァイオリンを練習して、ステーキをいただきます。

＊

翌日、僕は丹後さんを編集室で待っていた。

思いがけず、〈オキナワ・ステーキ〉で彼の話を聞き、彼の云う「予感」を僕もまた彼の話の中に見出していた。それは、おそらく彼が感じとっている神秘的なものとは違い、もっと現実的な予感で、ようするに僕は丹後さんの話を〈流星新聞〉の記事として書きたかった。自分が記事にするというより、すでにそのような未来がセットされていて、それが予感となって胸の内に芽生えている——そんな気がした。

もっと話を聞きたかった。彼の音楽を聴きたかった。あのとき工場から聞こえてきた音楽は丹後さんが作曲したオリジナルであるらしく、その事実を知った上で、あらためて聴いてみたかった。だから、〈オキナワ・ステーキ〉のカウンターで彼に名刺を渡し、「編集室へ来ていただくときは、ぜひ、ヴァイオリンを持ってきてください」とリクエストしたのだ。

しかし、雨が降りやまない。

そうなると、ヴァイオリン・ケースには穴が空いているそうなので、雨に降られながら持ってくるのを躊躇《ちゅうちょ》するかもしれない。どうなるだろう、と雨の音を聞きながら待っていると、玄関で人影が動いて、「ごめんください」と声が聞こえた。バジ君の声だ。

「ピアノを借りていいですか」

傘にまとわりついた雨水を払い、バジ君はいつもどおり遠慮がちに入ってきた。ピアノの前の椅子に静かに腰をおろす。雨の匂いがした。不快な匂いではなく、たったいま生まれたばかりのような新鮮な水の匂いだ。

その匂いに誘われるようにして、僕はこれから起きることを予感していた。

いまここに稀《まれ》に見る才能を持ったピアノ弾きにして歌唄いがいて、彼はここで、この雨の音を背景に自作の「ねむりうた」を歌うだろう。その歌に割り込むようにして、もうひとり別の音楽を胸に秘めた人があらわれる。

二人は言葉を交わさなくても、お互いの体の中に鳴っているものを察知するのではないか。示し合わせたり楽譜を見せ合ったりする必要もなく、あたかも、そうなることが決められていたように合奏を始める。バジ君のピアノの音と、丹後さんの低く深く胸の真ん中にあるものを震わせるヴァイオリンの音が、いまここでひとつになる。

そして、予感はそのとおりになった。

それは、はるか昔から決められていた約束のようで、丹後さんは黒いコートを着て、ビニールで厳重にくるんだヴァイオリン・ケースを手にしてあらわれた。部屋の中で鳴っているバジ君のピアノと、ときおり、つぶやくように歌われる即興的な歌声に目を細めた。

「ヴァイオリンを弾いているあいだは別の世界に行けます」

その声がまだ耳の奥にあり、本当にそうであるなら、この部屋がこれから別の世界になる。もし、同じような考えをバジ君も持っているとしたら――僕にはそのように思えてならないのだが――二人の音がそれぞれの「別の世界」を交感する合奏になる。


僕はそのまたとない音楽の最初の発見者になった。

二人はいまここで思いついた音を自在に弾き、二度と再現が不可能な一度限りの合奏を始まりも終わりもなく時間から逃れ出るように弾いた。しいて云うなら、窓の外から聞こえてくる雨の音が二人の伴奏者だった。雨に促されて、より大きな広がりをもって音楽がひらかれていく。

丹後さんが口にした「とんでもなく大きなもの」という言葉が思い出された。

ああ、丹後さんはこんなふうにヴァイオリンを弾くのかとその動きに見とれるうち、次第に二人の音は抑揚を増していく。丹後さんの動きがせわしなくなり、音はおそろしいばかりの質量となって部屋から外へ流れ出て行こうとした。

音楽が時間だけではなく空間をも広げ、僕もまた、ここではない別の世界へ体ごと持って行かれる。

と同時にひとつの映像が映画を観るかのように脳裏に浮かんだ。

給水所だ。

石を組んでつくられた神殿を思わせる建物は背の低い塔のようで、塔の中に貯《たくわ》えられた水の量は雨量に左右されるものではない。そんなことは分かっているけれど、僕の頭の中の水の塔は絶え間なく降りつづける雨水によって、塔の頂きから水を溢れさせていた。

最もおそれていたことだ。

水の神殿の水の神様の気まぐれによって水が溢れ出し、当然のなりゆきとして、ガケ上の町からガケ下のへこんだ町に流れ落ちてくる。

僕の想像による、「とんでもなく大きなもの」は、とめどなく流れてくる水だった。

それ以上に大きなものは、この世にない。

正しい時刻は定かではないのだけれど、二人の音楽が、「大きなもの」を呼び覚ますかのように鳴り響いたちょうどそのとき、雨水をたっぷり吸ったガケ上の空き地がすさまじい音をたてて崩れ落ちた。

それは想像上の出来事ではない。

映画で観た、つくりものの映像でもない。

ガケは崩れ落ちながらも雨に打たれ、いままで誰も見たことのなかった土の中に眠っていたもの——大小さまざまな無数の白い骨を次々と暴きながらガケ下の町に撒《ま》き散らした。

鯨の骨だった。

流星シネマ

川はまだ
流れている

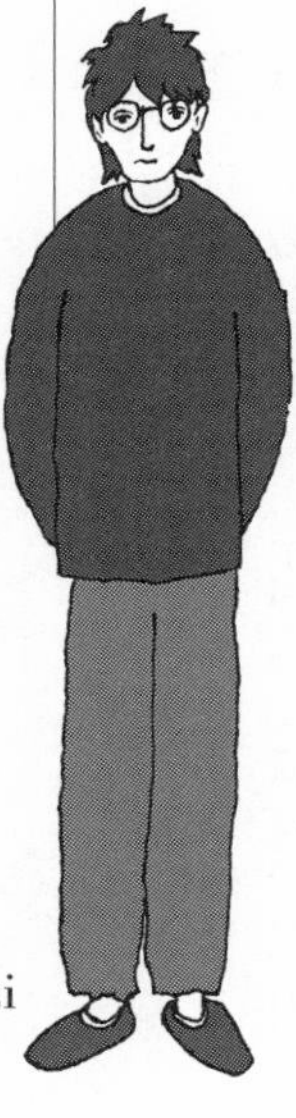

Bazi

「記録に残る大雨であった」と記事に書くことは容易《たやす》い。でも、それだけでは、常套句《じょうとうく》をなぞるばかりだ。

常套ではないことが起きていた。

幸いにも、誰かが命を落としたり、家屋や店舗が取り返しのつかない被害を受けることはなかった。しかし、三丁目六番地の長らく空き地になっていた一帯がガケ崩れを起こし、ガケ下の遊歩道の一部を土砂で覆い隠した。そのあと急速に雨が小やみになったので、かろうじて倒壊や水没をまぬがれたが、住宅と住宅のあいだの切れ目に大量に土砂がなだれ込んだ。

記事として要約すれば、「ガケ崩れによって空き地がひとつ崩壊した」ということになる。

町の人たちも、どうやらそこまでとどまったようだとひとまず安心し、そのあとで、土砂の中に大量の白い破片が混ざっているのを発見した。

「これは鯨の骨です」

いの一番に現場で声を上げたのは、やはり椋本さんの弟で、それからというもの、彼が中心になって、ありったけの骨をかき集める作業が始まった。

弟さんは某大学の史学科で非常勤講師を務めた経験があり、そのときの人脈を軸に、当時の学生と現役の学生を招集して発掘に臨んだ。参加者の数は日に日に増え、大学からは発掘に必要な重機や機材が提供された。

とはいえ、恐竜の骨を掘り出そうというのではないのだ。それでも、この町の住民にとっては、古代生物の痕跡を発見することと同等の意味があったのかもしれない。歴史としては、わずか二百年前に過ぎなかったが、鯨の云い伝えはすでに伝説や神話に等しかった。

「むかしむかし、この町には大きな川が流れていて、その川へ、鯨が海から迷い込んできた」

それが実際に起きたことだったと知った町の人たちは、その事実に襟を正したというより、どちらかと云うと、そんなおとぎ話めいた物語の中に自らを投じたくなったのかもしれない。町の人たちの多くが発掘作業に参加し、誰ひとり、作業が無償であることに不平をもらさなかった。面白いくらいに次々と骨のかけらが見つかったからだ。自分の手で土の中から「おとぎ話」のかけらを見つけ出すのは、骨そのものが見つかるだけでなく、より深い奥行きをもった神話に指先で触れる思いだった。

僕もまた発掘作業に参加し、自分が暮らす町の下にこれほどのスケールを備えたものが埋もれていたことを体で感じて、まずはそのことを〈流星新聞〉に書いた。締め切りぎりぎりの投げ込み記事で、残念なくらい拙《つたな》いものになってしまったのだが。

「新聞、読みましたよ」

背後で声がしたので、発掘作業の手をとめて振り返ると、手袋と長靴を装備したカナさんが神妙な顔で立っていた。

「わたしも参加させて」

僕の隣に腰を落とし、

「こんなこと、もう二度とないでしょう」

神妙な顔のまま云った。

「あのね」

土を掘り起こす作業を始めながらも、カナさんは話をやめない。

「もしかして、太郎君は忘れてしまったかもしれないけれど、わたしも太郎君と同じ編集者なのよ。分かってる?」

たしかにそうだった。このところ、カナさんとお会いするときは、「詩」の一字を中心に話がまわっていたので、カナさんが編集者として数々の詩集を――書物そのものをコツコツとつくってきたことを忘れがちだった。

「でね、わたしが思う編集者の仕事というのは、混沌《こんとん》としたものとか、散り散りになってしまったものとか――あとは何だろう――みんなが忘れてしまったものかな、そういったものを、ひとつにまとめていくこと、ひとつにまとめて、ふさわしい輪郭を見つけていくことだと思ってる」

カナさんの言葉を、それこそひとつひとつ嚙みしめるように聞きながら、一方で僕はアルフレッドのことを考えていた。いつだったか、アルフレッドもそっくり同じことを云っていた。

「小さなかけらを拾い集めて、大きな輪郭を見つけ出すこと」

アルフレッドの云い方は、たしかそんなふうだった。

「だからね」とカナさんの話はつづく。「そういう仕事をしていると、いろいろなものが詩に見えてきちゃうわけ。詩のひとつひとつにね。まだ一冊の形あるものとしてまとめられていない小さな言葉の集まりのようなもの——まだ、かけらのままの何だか分からないもの」

カナさんはこういう人だ。

時間をおいて、ひさしぶりに顔を合わせても、決まりきった挨拶《あいさつ》などしない。

「元気だった?」「その後どう?」「最近、わたし、健康のために毎日一キロ歩いてる」

そういった話もまずしない。あったとしても後まわしになる。いきなり、それまで自分が考えていたこと、頭の中にあったものを、前置きもなしに話し始める。

「だって、たいていのものはかけらなのよ。分かりにくいだけでね、すべてが何かの一部なの」

おかしな気分だった。いつか夢で見た場面のように思える。

町の皆や学生たちが一様に土砂を掘り、掘り当てた骨に水をスプレーして乾いた布で拭きとっていく。あらかじめ弟さんが糸を張って区分けした採取エリアのアルファベットと番号をカードに書き入れ、骨と一緒に採取用のビニール袋に入れていく。

「そういえば」

カナさんがぼんやりしていた僕の注意を促すように声を大きくした。

「太郎君が置いていった、あの8ミリだけど」

「え？」

急に話が変わったので、カナさんの横顔を見なおした。

「あの8ミリフィルムは、どれも断片的で、脈絡もなくて、音もついていなかったでしょう。正直、観ているうちに退屈になってきて」

「ええ」

「でも、細ぎれになったひとつひとつの映像には、ときどき、はっとするようなものが映っていたの。どこか見過ごせないものがあって」

僕は作業の手を休めて顔を上げた。

人はどうして、何かを思い出そうとするときに視線が上に向かうのだろう。まさか、空を見ているわけではない。そのとき、目は何も見ていなくて、目ではない、自分の中の何かが思い出したいものを見ようとしている。

「だからね、あの、でたらめでバラバラなフィルムをわたしが編集してもいいかしら。アルフレッドさんに許可をいただきたいの。太郎君の方から訊いてくれない？　彼が自分で編集したいなら話は別だけど、もし、ＯＫなら、残りのフィルムも全部持ってきて。大体、彼はあのフィルムの存在を忘れていたんでしょう？」

それはどうなのだろう。そこまで、はっきりと確かめたわけではなかった。それに、アルフレッドは自分の思いを一から十まで話すことはない。ところどころ、胸の内にとどめて言葉にしなかった。そこには彼なりの考えがあるだろうし、僕が何より尊重したいのは彼の考えだったから、彼が黙っておきたいのではないかと思われることは、触れずにそのままにしてきた。

「分かりました」と僕はカナさんに一応そう答えた。「メールで訊いてみます」

「できるだけ急いでね。そうじゃないと――あ、見つけた」

カナさんの指先が土の中からあらわれた白い破片をとらえていた。

その夜、カナさんに云われたとおりアルフレッドにメールを書こうとしていると、仕事場のドアが音もなく開いて、静かに遠慮がちにバジ君が入ってきた。

「ピアノをお借りしてもいいでしょうか」

「もちろん」

そのピアノはもうほとんどバジ君専用のピアノで、ピアノとしても、バジ君に弾いてもらうのを待ちかねているようだった。

「ありがとうございます」

バジ君はピアノの前に座ってお辞儀をしている。

「どういたしまして」

バジ君がピアノと一体化して一枚の絵のようになっているのを眺めた。

すぐれた演奏者はそうして楽器とひとつになる。ときに楽器の方が生きもののように表情豊かになり、血が通い始めて、胸に秘めていたものを自ら歌い出したかのように見える。

はたして、人が楽器を弾いているのか、楽器が人を動かしているのか——。

だから、部屋の中にピアノの音がおもむろに立ち上がると、それはバジ君の胸中のあらわれであると同時に、ピアノがピアノとして過ごしてきた来し方を語っているようにも感じられた。

「前略、アルフレッド様」と僕はメールを打った。ピアノの音に耳を傾けながら。

このあいだの8ミリの話のつづきです。あのあと、カナさんの映写機で何巻かのフィルムを観ることができました。記憶の中にしかなかった昔の町の様子が映っていました。いまはもうない電信柱、駄菓子屋、ボタン屋、ビリヤード場――。

それで、一緒に観ていたカナさんが、もう少し観やすくするために、「フィルムを編集したい」と云っています。カナさんは子供のころから8ミリを編集するのが得意で、編集されていないフィルムを観ると、「なんとかしてあげたい」と、もどかしくなるそうです。

しかし、これはあくまでもアルフレッドが許可してくれたら、という話です。もし、アルフレッド自身が編集したいというのであれば、カナさんのもとにあるフィルムを引きあげてきます。

考えを聞かせてください。

それと、この二週間ほどのあいだに、〈流星新聞〉のトップ記事を飾るにふさわしい事件がありました。先にお送りした最新号がそろそろそちらに届くころかと思いますが、その号には間に合わず、ごく簡単な速報しか書けませんでした。

驚くべきことが起きたのです。

覚えていますか？　二百年前にあらわれたという鯨の話です。あの鯨の骨が大雨がもたらした土砂崩れによって発見されました。大量の骨の破片です。〈バイカル〉の椋本さんの弟が学生を集めて指揮をとり、町の有志が参加して発掘がつづいています。僕も参加して、この経験をもとに次の号の記事を準備しているところです。詳細はその記事を読んでいただくとして、いつだったか、二百年前の鯨の話を聞いたアルフレッドが、「それはマユツバですね」と云っていたのを思い出しました。

眉唾《まゆつば》ではなかったのです。本当のことでした。

じつを云うと、僕もまた鯨の話──〈鯨塚〉と呼ばれているガケの中に伝説の鯨の骨が埋められているという話は半信半疑でした。でも、それ以上に、そのときアルフレッドが口にした、「ココは星が落ちてきたところなのです」という言葉を、おとぎ話の一節のように聞いていていました。

ただ、こうして伝説の鯨の骨を目の当たりにしてしまうと、隕石《いんせき》の落下によってこの町が形づくられたというのも、まったくそのとおりなのではと思えてきました。
心なしか――、

そこまで打って手を休め、その先をどう書いたものかと言葉を推敲《すいこう》した。

心なしか、編集室の入口のあの星が――、
編集室の入口のあのブリキの星が――、
あの錆《さ》びついたブリキの星が――、
あの錆びついたブリキの星が輝いて見えました。

はっきり声に出して推敲したわけではない。僕自身の耳にかろうじて届くか届かないかくらいのごく微弱な声で、「ブリキの星が輝いて見えました」とつぶやいた。

にもかかわらず、バジ君は即興で弾いていると思われるピアノの旋律に乗せ、

「ブリキの星が輝いて見えました」

と歌ってみせた。

「あれ？」

思わず声が出た。バジ君はこちらの方をちらちらと見ながらも歌うことをやめず、「輝いて見えました」と少しずつメロディーを変えながらリフレインしている。

「どうして――」

ピアノを弾いているときのバジ君にはこちらから声をかけないようにしていたが、たまらなくなって声をかけた。

「どうして、僕が考えていたことが分かったんだろう」

バジ君はピアノを弾く手をとめ、歌うこともやめて僕の顔を見ていた。本当にアルフレッドによく似ている。なんとなく無条件で安心してしまう顔だ。

「太郎さんがそうつぶやいたので」

バジ君は当たり前のようにそう答えた。

「いや、どう考えても、こんな小さなつぶやきがピアノを弾いているバジ君の耳に届くはずがないんだけど」

「ええ、声は聞こえません。でも、太郎さんの唇がそう動いていました。『ブリキの星が輝いて見えました』と。違いましたか」

「僕の唇の動きを読んだということ？」

「ぼくは耳が遠いのです。子供のころ、耳鼻科の先生に云われました。君の耳の中は他の子と違って少しばかり曲がっている。だから、大人になるにつれて音が聞こえにくくなるかもしれない――そのとおりになりました」

バジ君は鍵盤の上に手を置いて、二つ三つ、音を奏でた。

「太郎さんが聴いている音の大きさと、ぼくが聴いている音の大きさは、たぶん同じではないです。ぼくの耳には半分も届いていません」

にわかには信じられなかった。

「バジ君のピアノや歌は、とても控えめというか、むしろ、音量を抑えているように聞こえるけど」

「ええ。意識的にそうしているんです。そうしないと、ぼくにとっては普通の音であっても、皆さんにとっては耳障りな大きな音になってしまうかもしれません。ぼくはそうした大きな音を望みません。だから、自分の耳に聞こえる、いちばん小さな音でピアノを弾いて歌っています」

「そうなんだ」

「はっきり聞こえないので、唇の動きを読むことも習得しました」

物静かな青年だとは思っていたけれど、彼が僕の聞いている音の半分にも満たない聴覚の世界にいるとは思いもよらなかった。むしろ、想像していたのはその逆で、彼には僕に聞こえない花が開く音や、雲が動いていく音が聞こえているんじゃないかと勝手にそう思っていた。

*

翌日、アルフレッドからメールの返信が届き、

「8ミリは、どうぞ、ご自由に編集してください」

とあった。

本当のことを云うと、いずれ自分で編集してみようかとも考えていたのです。でも、カナさんが代わりに編集してくれるのなら、それで構いません。きっと、私にできないことが彼女にはできるでしょう。だから、編集が完成したら、ぜひ、見せてください。楽しみ

にしています。

それにしても、鯨の骨の発見には驚きました。私もその場にいたかった。非常に残念です。町にとって、歴史的発見と云っていいでしょう。

川はまだ流れているのですね。

流星シネマ

見えない
オーケストラ

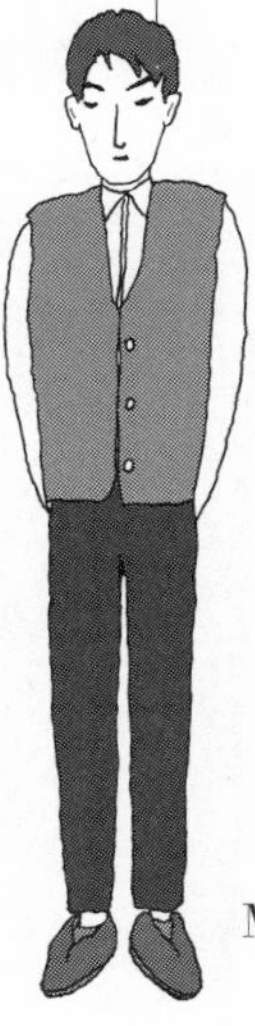

Mukumoto

遠く離れていたものが結びつくこと——僕はいつでもそうしたものを見つけたい。

たとえば、アルフレッドが、なぜかこの町を気に入り、そのままここに住み着いてしまったのも、そのひとつだ。

遠い海で悠々と泳いでいた鯨が、どういうわけか、この町に流れていた川をさかのぼり、そのうち、行き場を失って息絶えてしまった。その骨がこの地にのこされたのも、ふたつのものが結びついてそうなったからだ。

本来、結びつくことが難しいものが、出会ったり、重なったり、隣り合わせたりする様子を自分の机の上に引き寄せたい。引き寄せて、ひとつひとつ確かめ、それが多くの人たちに共有されるべきだと判断されたら記事を書く。

鯨の骨が自分たちの足もとから出現したことは、どちらかと云うと、時間的に離れたところへ遠ざかったものが、ふいに姿をあらわした驚きだった。

といって、空間的に遠くにあるものと、この町の現在とがつながったのではなく、神話や伝説の域にあった時間が、雨の力によって――もしくは、「水の力」と云うべきか――こちらの時間と一瞬で結びついた。


「まさに驚くべき発見です」

弟さんが僕の呼びかけに応じて編集室に姿を見せ、記事にするためのインタビューに手ぶり身ぶりを交えて答えてくれた。長らく出前持ちをしながら研究を重ねてきた彼は、一生のうちに出会えるかどうかという、またとないものに出会えた。その出会いもまた、ふたつの離れていたものの邂逅《かいこう》と思えたが、弟さんには、さらにその先があった。

「この奇跡をしっかり形にして、後世にのこしたいんです」

その声色には、希望と自信から芽生えた確信のようなものが見え隠れしていた。

「実際に組み上げてみないことには分からないんですが――」

宙空に巨大な鯨の幻を現出させるかのように、弟さんは両手を広げた。

「ぼくの直感では、おそらく、あらかたすべての骨が発掘されたのではないかと思います。となれば、やはり、すべての骨を組み上げて、もとの形に戻してあげたい」

それはそのとおりで、ジグソーパズルのピースがすべて揃《そろ》い、これを正しく組み上げれば一枚の絵が完成する――そう知ってしまったら、誰だって、やり過ごすことはできない。

「ちなみに」と僕は宙に浮かんだ幻の鯨を夢想しながら訊ねた。「発掘された骨から想像される鯨の大きさはどのくらいなのでしょう」

「そうですね」

弟さんは持参した大きなカバンの中から――決して岡持《おかもち》の中からではなく――一冊の分厚いノートを取り出した。どのページにも発掘された骨の写真に加えて、特徴、大きさ、色、重さなどが記されている。それらを総合してバーチャルな立体画像が試作され、プリントアウトを編集室のテーブルの上に広げると、そこにあらわれたのは、体長五十センチほどの細身の鯨だった。

「実際はこの四十倍くらい、十五メートルから二十メートルはあるでしょう。発掘された骨のうち、大きなものは大学の倉庫で保管しています。細かい骨は段ボール箱で二百箱近くありまして、そちらはガケ崩れが起きた土地の所有者のご厚意で、あの空き地にビニール・シートをかけて置かれたままです。もし、このあいだのような大雨がまた降ってきたら、せっかく発掘した骨が散逸してしまうかもしれません。ですから、早急に屋根のある所へ運び込みたいのです」

「なるほど」

僕は弟さんの話をメモにとりながら、ほとんど無意識にそう答えた。すると、弟さんは僕の「なるほど」に脈があると感じたのか、「何か思い当たるところがありますか」と目を光らせた。

「いえ」と僕は申し訳ないと思いながらも首を振るしかない。

もしかすると、〈図書館の森〉の一角を借りれば、それ相応のスペースを確保できるかもしれなかった。しかし、それだけの大きさのものを収容できる屋根のついた建物をつくるには、「それ相応」どころか莫大《ばくだい》なお金がかかる。いずれにせよ、話を聞いただけでは、なかなか現実的なスケールで鯨の姿を思い描けなかった。

「そうですね、たぶん、小型飛行機を収容できるくらいの建物が必要になると思います」

弟さんは目を閉じた。

「そこに鯨の骨を組み上げて完全な骨格標本をつくります。それをぜひ公開したいのです。

きっと、この町の活性化――町の再生につながるプロジェクトになると考えています」

何にせよ、多くの人の力が必要だった。すでに多くの人が発掘に参加しているのだから、皆、そのまま骨を組み上げる作業に移行してくれるかもしれない。でも、仮にそうだとして、どこで組み上げればいいのか。〈図書館の森〉の他にそんな場所があるだろうか。

頭の中に町の地図を広げてみた。

いつからか、店や家や人が町から消え、消えたあとは空き地になって、雑草が生え放題になっている。不法なゴミの捨て場所にもなっていて、そうした空き地を借りれば、どうにかなるようにも思えたが、二十メートルにおよぶ巨大なものを受け入れられる場所が、はたして存在するものかどうか。

「そうなんです。場所がないんですよ」

突然、誰かの声が耳の奥からよみがえった。

女性の声だ。

何かの取材で出会った人の声だろう。たまに、こういうことがある。姿かたちは思い出せないのに、声だけがよみがえってくる。

そうだ。思い出した。

オーボエ奏者の彼女。調音について話してくれた〈鯨オーケストラ〉のメンバーだ。

これまた、おかしな符合で、なぜ、あの楽団に「鯨」の一文字が付いていたのか。オーケストラといっても、町のアマチュア音楽家が集まった小さな楽団だ。それがなぜ、「鯨」なのか、その由来を聞きそびれた。


「何かいいことを思いついたら、すぐに連絡をください」

弟さんはそう云い残して編集室を出て行ったが、僕は「いいこと」を思いつく前に、「場所がないんです」と繰り返しよみがえってくる声がどうにも気になった。

淡い記憶を頼りに、そのときの取材ノートを引き出しの奥から引っ張り出し、ページをめくっていくと、目的の取材メモは案外すぐに見つかった。書きとった談話の大半は調音に関するもので、その最後のところに、(オフレコ)と断り書きがある。

「場所がないんです」

(練習場所が)と補足してあった。

それで、ようやく思い出した。以前は区役所に隣接した区民会館の一室を練習場として借りていたのだが、老朽化を理由に取り壊しになり、

「オーケストラの全員が集まって練習をする場所がなくて困っているんです」
彼女はそう云っていた。
「このままだと、わたしたちの小さなオーケストラは解散するしかありません」
そういえば、あれ以来、〈鯨オーケストラ〉の名前を目にしていなかった。以前はコンサートの告知が町なかの掲示板に見られたし、〈流星新聞〉の「催し物欄」で紹介したこともある。「小さなオーケストラ」と彼女は謙遜《けんそん》してそう云ったのだろうが、その当時、楽団員は三十人を超えていたはずだ。それだけの人数が集まって演奏をする場所となると、この小ぢんまりとした町の中で探すには限りがある。

オーケストラの名前が「鯨」であるのは偶然なのだろうけれど、想像されるオーケストラのイメージは、ちょうど弟さんが云っていた、体長二十メートルにもなる鯨の容積に等しいのではないか。

つまり、オーケストラが練習をする場所がこの町にないということは、骨を組み上げて再生された鯨を展示する場所も存在しないということだ。

それでも、ちょっとしたきっかけで、離れていたものがひとつになるときがある。

きっかけは椋本さんで、弟ではなく兄の方だった。もしくは、〈バイカル〉というおかしな店が持つ力が働いたのかもしれない。

〈バイカル〉には人を吸い寄せる魔力がある。実際は町の西側にあるのに、「いちばん北にあるから〈バイカル〉と名付けた」と店主が云ったとおり、あらゆる磁石が北を指すように、多くの常連客が〈バイカル〉に吸い寄せられていた。つまり、〈バイカル〉のあるところが「北」であり、この事実を前にしたら、凡庸な我々の世界における地図の方角など何の意味もない。訳もなく目指してしまうのが〈バイカル〉であり、だから、例によって例のごとく、僕がその磁力に引かれて店の前にたどり着いたとき、そこに、あのカワサキのバイクが停めてあったことは、さして驚くに値しなかった。この町にいる限り、誰もが〈バイカル〉を目指してもおかしくないのだから。

おそらく店の中に入って、彼――丹後さんの姿をそこに見出せば、彼は十中八九、店の名物であるバイカル・カレーを食べているだろう。でなければ、カレーを食べ終えて、ロシアン・コーヒーを飲んでいるところだろうか。

「どうして、ここに？」と訊ねるのも野暮な話だった。

「カレーを食べたくなって」

十人中十人がそう答える。ひとたび、ここのカレーを口に運べば、独特のスパイスの風味が頭のてっぺんまで駆けのぼり、ついでに、こちらの魂まで駆けのぼって魂が昇天してしまう。それきり自分はここにいなくなり、そうして自分をエスケープさせるために、ここでカレーを食べるのだ。

「そういうことですよね」

丹後さんの隣の席につき、案の定、黙々とカレーを食べている彼に訊ねると、彼が答えるよりも早く椋本さんが答えた。

「丹後さんは来たるべき演奏会に備えて、うちのカレーを食べているんです」

「演奏会？」

野暮を承知の上で、いちおう訊いてみると、このあいだ本人から聞いたとおり、本当は演奏会の予定などないのだけれど、「ある」と仮定して練習をしているという。「子供のころからずっとそうしてきました」と彼は云っていた。きっと、椋本さんも丹後さんの身の上話を聞かされているはずで、それで、ありもしない演奏会の話をしているのだ。

「すべてを失ったんです」

自分のことのように椋本さんは話していた。

「こんなに潔い空っぽは、そうそう手に入るものではありません」

丹後さんはカレーのスプーンを口に運ぶのをとめて聞いていた。

「いや、つまりですね——」

椋本さんの力説がとまらない。

「空っぽが大きければ大きいほど、希望のキャパシティーも大きくなるわけです。埋めるべき大きな空白がすぐ目の前にあるという現実。これは、なかなか得難いものです」

「ええ」

丹後さんはスプーンを置いて、椋本さんの力説に応《こた》えた。

「何もかもなくなってみると、あの工場のがらんどうが気持ちいいくらい広くて、私はそこに仲間の姿を見たんです。オーケストラの仲間です。私はその一員で、皆と一緒に壮大な交響曲を演奏していました。いや、これはまったく現実的な話で、おそらく三十人くらいの小編成のオーケストラなら、ちょうど、あの空っぽのがらんどうにおさまるんじゃないかと思うんです」

僕は声をあげてしまいそうになった。

もし、丹後さんの云うとおり、がらんどうになった工場に三十人編成のオーケストラがちょうどよくおさまるなら、これはこちらの勝手な憶測だけれど、そのオーケストラが空間を占める容積は体長二十メートルの鯨の容積に等しい。

そうした見地から、あらためて無垢チョコ工場の外観や敷地面積の広さを思い出してみると、なるほど、たしかにちょうどそんな大きさだった。

「いちばん大きな空っぽを手に入れたものが、いちばん大きな夢を見られるってことです」

椋本さんが、「見えないオーケストラ」の指揮者に見えた。

＊

「ちょっと待って」

ゴー君が口もとを歪《ゆが》めている。

「それってつまり、あのヴァイオリン弾きの殺し屋が──」

「いや、殺し屋ではないけどね」と、いちおう訂正しておいた。

「じゃあ、あの怪しげなヴァイオリン弾きのカワサキさんが工場を貸してくれるってこと？」

「彼の名前はカワサキじゃないよ。丹後っていう名前だって、このあいだ云ったよね」

午前一時の〈オキナワ・ステーキ〉で僕はゴー君と鯨の話をしていた。

もう、鯨や川や海の話をするのはよそうと決めたのに――いや、そんな約束など本当はしていないけれど、アキヤマ君がいなくなってしまったあと、僕らは彼が望んでいたことを自分たちの中から消し去ろうと決めていた。そうしないと、いつかまた、アキヤマ君の望みを引き継ぐために、性懲りもなく海を目指して冒険に出てしまうかもしれない。だから、そうしたすべてに二人で封印をしていた。

にもかかわらず、いつのまにか、こうして鯨の話をしていた。

正しくは、掘り出した「鯨の骨」をどうするかで、このところ、〈オキナワ・ステーキ〉に来るたび、その話になった。

「うちのお客さんにも訊いてみるよ」とゴー君もいつになく眉をきりっとさせ、「脈がありそうな人や場所が見つかったら、すぐに連絡する」

そんなことを云っていたのに、僕もゴー君も何をどうすることもできず、それをまさか、あの謎のヴァイオリン弾きが解決してくれるとは——。

「あまりに事がうまく運ぶときは、思わぬところから悪魔が入り込んでくるものだよ」

ゴー君が父親から教わったという教訓を口にした。

こういうとき、あの冷静なアルフレッドなら、どう考えただろう。

「ひとまず、場所は確保できたけど、いずれにしても、お金が必要になる。工場は暖房が不調だし、照明もまだ充分じゃない。丹後さんがそう云ってた」

なにより膨大な数の鯨の骨を組み上げていくには、骨を支える大小さまざまな鉄骨が大量に必要だった。

「寄付を募ればいいんじゃないかしら」

ハルミさんが洗い上がった皿を乾いたタオルで拭いていた。

「わたしだって少しは力になりたいし、同じように考えている人は沢山いると思います」

「そうだ」

ゴー君が急に声を弾ませた。

「号外はどうかな。あの——ほら、昔さ」

それはもう、昔々の中学生のときの話だ。

ゴー君と僕はミユキさんの指示に従って読書部の壁新聞をつくり――思えば、僕はそのころから小さな新聞をつくっていたことになる――各クラスに貼り出しては部員を募っていた。

どんな本が面白いか、本を読むことがどんなに楽しいか、読むだけではなく、感想を書いたり、自分で本を書いてみたらもっと楽しい、というようなことを無邪気に訴えた。

そのとき、ゴー君の提案で新聞の号外をつくろうということになり、壁に貼り出すだけではなく、百部ほど刷った簡易版を校門で配った。手応えがあった。大体、壁に新聞を貼り出しても、はたして何人の生徒が読んでいるのか見当もつかない。仮に読んでいなくても、壁新聞の存在――ひいては読書部の存在――を知ってもらえればそれでよかったのだが、残念なことに、それすらまったく見えなかった。

そこへいくと、号外はいちいち相手の顔が見え、とりあえず受けとってくれて、そのあと読まずに捨ててしまったとしても、伝えたい情報を届けた手応えがあった。

「いいね」

僕はゴー君の提案に同意することにした。

「やってみる価値はあると思う」

〈流星新聞〉の号外として発行し、まずは、この町の歴史において鯨がどのように尊いものであるかを説く。そのうえで、鯨の骨を標本として復元するべく、「組み上げて保管と展示をします」と伝え、ついては、町の皆さまのご援助を賜りたい、無事、展示までこぎつければ、多くの来客を望め、そうすれば、町の活性化にもつながります——そう書いた。

号外はただちに発行され、ゴー君と二人で町を歩いて、商店を営んでいる皆さんには、ご挨拶を兼ねて手渡しし、住民の皆さんには郵便受けに投函する形で配布した。

すぐに効果があった。

編集室の電話が日に何度も鳴って募金の申し出と激励がつづき、やがて効果は成果になって、予想を上まわる金額を予想を上まわる早さで集められた。

「驚きました」

〈バイカル〉で弟さんに募金の結果を報告すると、

「じゃあ、本当に標本をつくれるんですね」

弟さんはその場に居合わせた丹後さんに、いまいちど確かめた。

「もちろんです」

丹後さんもまた、心なしか目が輝いている。

「あの工場がお役に立てるのなら、こんなにうれしいことはありません」

そこへきて僕は、（そういえば）と思い至った。

まだ、工場の中に入ったことがない——。

中の様子は図面に起こしたものを見ただけで、その内寸からして、弟さんが想定している大きさの標本を充分に収容できるだろうと算段していた。

「ぜひ、工場の中を見てください」

丹後さんもまた、（そういえば）と気づいたのだろう。

〈バイカル〉から無垢チョコ工場までは歩いて十五分ほどの距離で、丹後さんはカワサキのバイクにまたがって、「先に行っています」と走り去り、僕と弟さんは、午後三時の曇り空の下を工場へ向かって歩いた。

「ときどき、自分はいま物語の中にいると思うときがあるんです」

どうしてそんなことを云うのか自分でもよく分からなかったが、冷静になって考えてみれば、そうした思いはアルフレッドの影響によるものだった。

アルフレッドはこの町の地形や町が醸し出す何ごとかに、「フェアリー・テイルを連想します」と云っていた。たぶんそれは、外からやって来た者だけが感じとるもので、この土地に生まれ育った者には共有することが難しい。

ところが、アルフレッドが町からいなくなってからというもの——そして、自分がアルフレッドの仕事を引き継ぐようになってからというもの——自分が長くゆったりと動いていく物語の一角に身を置いているような気がしてきた。というか、もともと子供のころにもそうした感覚があったのを思い出した。

たとえば、本を読んでいる途中で本から顔を上げたとき、物語の世界が、すぐそこの自分が生活している世界と同化するのを感じることがあった。ときには、区別がつかなくなるときもあり、そうしたとき、どこか遠くにあるかもしれない物語の世界と、自分がいまいるこの町は、じつのところよく似ているのだと気がついた。

普通に生活をしていたら気づかない。でも、たとえば、町から外へ出て少し離れたところから自分の生活圏を眺めてみると、表面的なものが違っていたとしても、その奥に控えているものは、「遠く」も「この町」も何ら変わりがなかった。

子供のころに夢中になって読んだ「物語」のひとつは、森の奥にある川の流れる谷間が舞台で、森の樹々をガケ下の町の家々に置き換えてみれば、川の様子も、谷のありようも、この町の地形によく似ていた。「物語」の中の森にはさまざまな神話が潜《ひそ》み、大昔に目撃された彗星群の伝説や、想像を絶する怪物の出現、さらには、旅人によってもたらされた、どこか遠い国への憧憬《しょうけい》、郷愁、運命、魂といった目に見えないものの存在がほのめかされていた。

図書館の薄暗い読書室で「物語」を読み進めることは、ここではない遠くへ連れ出されることだったが、「物語」を読むことで、いつもの町から離れ、離れることで、いつもの町を遠いところの文脈でとらえなおすことができた。

ただし、それはほんの一瞬のこと。いつでもすぐに現実に戻された。

夕方の町に漂う晩御飯のカレーの香り、けたたましいカラスの鳴き声、夕刊を配る青年の姿、どぶ川から立ちのぼる濁った水のにおい、アスファルトの道端の雑草、飼い主の顔を見上げる賢い犬、青い目と赤い目の信号機――。

そこには現実に戻される心地良さがあった。現実の中に、「物語」とのつながりをささやかながらも感知し、そのささやかな感知が、いまはもっと明らかになりつつある。

おかしな話だ。

もう子供のころのように「物語」に読みふける時間はなくなってしまったのに。


「それは、あれじゃないですか」

弟さんが僕の話を聞いて云った。

「太郎さんが、これまで生きてきた記憶がいつのまにか物語になっているんです。たくさん本を読んでくると、本を読まなくても、現実に起きたことが物語になってくるものですよ」

「そうなんですか」

「ぼくはそう思っています。ぼくはいま物語の代わりに過去の時間に触れています。積極的に過去に囚《とら》われているんです」

「それで、いいのでしょうか」

「いいんじゃないですか。まぁ、ロマンチストだの何だのと揶揄《やゆ》されますけどね。夢ばかり見ているとか、地に足がついていないとか」

「あ、それは僕もよく云われます」

「冗談じゃないですよね。地に足がついていないどころか、ぼくはその地中から、遠いところの遺物を掘り起こそうとしているんですから」

そこまで話したところで、定食屋〈あおい〉の前にさしかかった。正しくは、元定食屋の〈あおい〉で、そのうち、ミユキさんの〈ロールキャベツの店・あおい〉に引き継がれるはずだったが、なかなか進展が見られない。そろそろ、その後、どうなりましたか、とミユキさんに訊いてみようと思っていた。

（店の中はどうなっているんだろう）

暖簾《のれん》をしまい込んだままの店内をガラス戸越しに覗いてみたところ、ちょうど中から誰かが出てきて、

「あっ」

同時に声が出た。ミユキさんだった。

（どうしたんです？）と訊こうとする前に、「どこへ行くの」とミユキさんは僕らの顔を見比べている。

「チョコレート工場に」と云いかけると、

「あ、その話、ゴー君から聞いてるよ。工場の中に鯨の骨の標本を組み上げるんでしょう？　ということは、こちらが？」

「椋本の弟です」

すかさず、弟さんがミユキさんに挨拶をした。ほとんど反射的にミユキさんの顔に笑みが浮かび、はっきり笑顔になったわけではないとしても、このところ機嫌がよくなかったミユキさんとしては、最上と云っていい、限りなく笑顔に近い顔で弟さんに応じていた。

だから、ミユキさんが僕らの後についてきたのは、がらんどうになった工場に興味があったからなのか、それとも、弟さんに興味を持ったからなのか、そこのところは分からない。いずれにしても、あらかじめ丹後さんから「工場の中はすべて撤去されて空っぽです」と聞かされていたものの、「さぁ、どうぞ」と招き入れられたその様子は、突然、目の前にあらわれた天国のように見えた。

内装が白かったせいだろうか。

外観はそのような白さではなく、何色とも云えない灰褐色で全体がペイントされていた。一方、内装は床も壁も窓枠もすべてが白で、至るところにチョコレートをつくるための機械や特別な道具の痕跡と思われるものがコーヒーカップの輪染みのようにスタンプされていた。白の中にそれらがノイズになって入り混じり、見知らぬ人物の気配や残り香のようなものを思い起こさせる。

しばらく声が出なかった。

白さが、その空間をより広がりのあるものに見せ、計測すれば図面通りの広さなのだろうが、僕にはそこが空港の滑走路のように見えた。何もない、というのはつまりそういうことで、いまさっき、そこから飛行機が飛び立ったか、あるいは、ここにとんでもなく大きなものが着陸する予感が背中の方から忍び寄ってきた。

空っぽが大きければ大きいほど、希望のキャパシティーも大きくなる、という椋本さんの言葉がぐんと重みを増す。

「錯覚なんだと思いますけどね」

こちらの感慨を察したのか、丹後さんの冷静な声が白い空間に快く響いた。

「工場までの路地が細くて狭いし、そういうところを歩いてくるので、より広く感じるんでしょう。最初は私もぎょっとしました。ここが、こんなに広かったなんて」

その広さに自分の体がなかなか馴染まなかった。希望のキャパシティーが大きいのはもちろんいいことだけれど、あまりに広すぎると、どうしていいか分からなくなる。

「これはしかし、想像以上で――」

弟さんもうまく言葉が出てこないようだった。

こういうときミユキさんは――ミユキさんだけは――「まあまあ広いけど、ちょっとボロくない？」とケチをつけるに違いないと踏んでいたのだが、ミユキさんもまた黙ったままで、どういうわけか、涙ぐんでいるようにも見えた。

「可能性って最強だよね」

そう一言つぶやくと、ミユキさんはそこだけ窓がなくて全体が白い壁になっている一面を黙って見上げていた。

どことなく、チョコレートの甘い香りがするのは気のせいだろうか。

まず何より、この空間にあの鯨を再生させたかった。「あの」というのは、まだ骨の破片でしかないあの鯨を指すが、二百年前に息絶えたとされるあの鯨だけに、「あの」を冠するのではない。子供のころに川をさかのぼってきた「あの」鯨のことでもあり、さらに云えば、われわれがあずかり知らぬ、何百年も前の神話の海を泳いだ「あの」鯨のことでもある。

うまくいけば、完成した骨格標本が、この白い空間の主にふさわしく光り輝いて展示される。しかし、このがらんどうはそれだけのものを主に据えても、なお可能性の余地を与えてくれるように思われた。

であるなら、「場所がない」と唱えつづけていた彼女をいまこそ思い出し、その名もまさにふさわしい三十人編成の〈鯨オーケストラ〉を、この空間に招待することは叶わないだろうか。

僕の夢想は骨格標本とオーケストラがひとつになって広がり、この白い空間がオーケストラの音楽で充たされるときに完結するのだと思いが及んだ。

「なんか、勇気をもらえた」

ミユキさんが誰へ向けてなのかそう云った。

「子供のころに戻ったみたい」

*

取材ノートに記された彼女の名前——〈鯨オーケストラ〉のオーボエ奏者の女性の名前

は岡小百合《おかさゆり》さんといった。その名前に覚えはない。ノートにその四文字が自分の字で記されていて、連絡先として携帯電話の番号が記されていた。その番号にも覚えはなく、おそらく、かけたことはなかった。記事を書く段になって追加で訊きたいことが出てきたときのために教えてもらったものだろう。

だから、あまりに時間が経ってしまって不自然ではあるけれど、〈流星新聞〉の名を出した上で礼儀正しく名乗れば、岡さんはおそらく話を聞いてくれるに違いなかった。


「もしもし」

「はい」

「お忙しいところ、失礼します。以前、取材をさせていただいた〈流星新聞〉の者ですが」

「ああ、はい」

「ええと」

「はい？」

「ええと、その、あれです、その取材のときにですね、岡さんがオーケストラの練習をするところがなくて困っている、とおっしゃっていたのを思い出しまして」

しばらく沈黙があった。

「ええ、そうでした」

「じつは、ちょうどいいところが見つかりまして、もし、よろしければ、ご覧になりませんか」

「ちょうどいいところ？」

その声は間違いなく記憶の底から「場所がないんです」と聞こえてきたあの声だった。

「そうなんです。ちょうど、三十人編成のオーケストラが練習できるくらいのスペースで」

「ええと」――今度は彼女の方が言葉を探しているようだった――「どうしていまごろになって」

「そうですね」

そう云われてしまうと、どう答えていいか分からない。

「分からないんです、自分でも」

分からないときは、「分からない」と率直に云うのが一番だとアルフレッドから教わっていた。

「分からないんですが、これはきっと、岡さんにお伝えしなくてはと思いまして」

受話器を置いて、ひと息つく間もなくベルが鳴り、ディスプレイに浮かんだ名前を確認すると、「カナさん」とあった。

「はい、〈流星新聞〉です」

「太郎君でしょうか」

「はい、太郎です。カナさんですよね」

「なんとなく、いつもと声が違うみたいだけど」

「そうでしょうか」

「どことなく、浮ついているような、地に足がついていないような」

（ああ）と声に出さないよう気をつけながら首を振って嘆いた。また、地に足がついていない、と云われている。

「あのね」

カナさんはたぶん受話器を肩にはさんで、煙草に火をつけているのだろう。

「例の8ミリフィルムなんだけど、昨日、編集が終わったので観てくれますか」

「もちろんです」

途端にひらめくものがあり、それは、「可能性って最強だよね」とつぶやいたミユキさんの横顔で、少し顎を上げて見据えた視線の先に工場の白い壁があった。

あの壁に、カナさんが編集してくれた8ミリの映像を投映する——。

そうするべきだという根拠のない確信が、煙草の火のように胸の真ん中に灯っていた。

流星シネマ

ピリオドと流星

Sayuri

「ピアノを運び込んだらどうでしょうか」

それはアルフレッドの提案で、こちらの状況を伝えたメールに返してきた助言だった。がらんどうになった無垢チョコ工場に標本を組み上げることと、僕の思いつきである、オーケストラの練習場に提供したらどうか、という話も伝えておいた。

その上でアルフレッドはオーケストラの方に興味を持ったらしく――それはそれでアルフレッドらしかったが――「そこに音楽の〈場〉ができたらいいですね」と書いていた。

「場所をつくるのはとてもいいことです。私がその町でつづけていたのも、それでした。新聞を発行するのはあとからついてきたオマケで、私は町の片隅に、自由に本を読んでもらう場所をつくりたかったのです」

前にもその話は聞いたことがあった。でも、そのときは、「場所をつくる」ことの意味が、もうひとつ理解できなかった。

「太郎の云う、その『白い空間』に、始まりのしるしをひとつ置くのです。私が置いたのは、本が並んだ本棚でした。そこから、その編集室は始まったわけです。私は残念ながら、遠く離れたところで太郎の報告を聞くだけですが、離れたところにいるから見えてくるものもあります。私にはその白い空間に、あのピアノが置かれているのが見えます。そこから音楽が始まっていくのです。ポーンと叩いた鍵盤の音が少しずつ増えて、やがてオーケストラにまでなっていく。そんな愉快なことってないでしょう」

（でもね）と僕はアルフレッドに云いたかった。こんなにピアノを運ぶのが重労働だとは思わなかった。僕とゴー君とバジ君と丹後さんの四人がかりで、どうにか動かした。

「業者さんに頼むべきです」

バジ君はそう云ったのだが、

「いや、ここから工場までは道がフラットだから、なんとかなるよ」

ゴー君がそう判断した。

「引っ越し屋のアルバイトをしていたから、ちょっとは経験がある。まぁ、任してよ」

アルフレッドのメールによると、「ピアノを運び込んだときに使った取っ手のない台車が奥の部屋にしまってある」とのことで、

「それで完璧だね」

ゴー君の指示に従い、二百キロを超える重さのアップライト・ピアノを三十度ほど傾け、その隙間《すきま》に台車を差し込んで、台車の上にピアノを載せ上げた。

真冬なのに、それだけで汗が噴き出した。

「ああ」「おお」と四人とも普段は出さない唸り声を上げ、やや不安定ながらも、どうにかピアノの重心が台車の真ん中に来るよう調整した。慎重に少しずつ表の通りへ運び出していく。

妙な気分だった。ゴー君と僕が力を合わせるのは、いまに始まったことではないが、いつのまにか、そこにバジ君と丹後さんまで加わり、同じように汗をかいて声を上げて、昔からずっとそうしてきたように力を合わせていた。

工場は、午前中から夕方まで、標本を組み上げていく作業の場として使われる。そのあとの、夕暮れどきから夜の時間はオーケストラの練習場として使用する。

骨を支える鉄骨の一部がすでに組み上がっていたが、まだ充分に白いままの空間に、やや小ぶりなピアノを置くと、それは心もとないひとつの黒い点でしかなかった。

が、それが白の中に置かれた黒い点であるからなのか、小さな点ではあっても、その存在感がピアノを運んだ重みと共にあった。軍手を外すと手のひらが赤く腫れていて、長らく忘れていた体の芯から伝わってくる充実感があった。ピアノを一台、運んだだけなのだが。

なにより、ピアノそのものが編集室の暗がりの中で息をひそめていたときとまるで違って見えた。陽の光にさらされた分、傷や塗装の剝《は》げ落ちや白鍵の黄ばみが目についたけれど、どこか、洗車を終えた車のような清々しさがあった。

＊

〈鯨オーケストラ〉のオーボエ奏者である岡さんのもうひとつの顔は歯科衛生士であるらしく、編集室から歩いて十五分くらいの距離にある〈小田原デンタルクリニック〉に勤めているという。

「次は水曜日がお休みです」

電話で訊ねてみると、そのようなお答えで、

「では、その水曜日に工場を見に行きませんか」

と誘ってみたところ、

「そうですね」

岡さんは迷っているようだった。

「でも、このあいだ、うちの院長に訊いてみましたら、〈鯨の骨プロジェクト〉に寄付をしたと云っていましたので」

「本当ですか。それはありがとうございます」

「ですので、寄付をしたクリニックの一員として、見学させていただけたらと思います」

そういうわけで、水曜日の午後に岡さんを工場へ招いた。

「ここです」と中に導くと、「あ、ピアノですね」と彼女の視線はすぐに黒い一点に向けられた。足取りも軽くピアノに向かい、その脇に立って、工場の中を見渡している。

ちょうど暖房の点検があって組み上げ作業が中断しており、いまさっきまで誰かがそこ

で作業をしていたかのように、組み上げのための資材や道具が床に散乱していた。

「あれは？」

岡さんの視線の先には段ボール箱が積み上げられていて、「骨です」と答えると、彼女は目を細めて「不思議です」とつぶやいた。

「海が近いわけでもないこんなところに、あんなに沢山の鯨の骨が埋まっていたなんて」

「昔はいまより海が近かったみたいです。埋め立てられて遠くなってしまっただけで、川にしても、二百年前は川幅がずいぶん広かったようです」

僕は椋本さんから聞いた話を、そのまま受け売りした。

「迷い込んできたというより、体の弱った鯨が、潮に流されて川に入り込んでしまったんです」

「そうなんですね」

「そういえば——」

僕は以前から気になっていたことを、この機会に訊いてみることにした。

「どうして、〈鯨オーケストラ〉という名前なんですか」

「ええ」

岡さんはかすかに笑みを浮かべ、すぐに苦いものを口にしたときのような複雑な表情になった。

「オーケストラの名付け親は塚本さんといって、楽団の指揮者でリーダーでもありました。代表といったらいいんでしょうか。その塚本さんの体つきや顔なんかが、どことなく鯨に似ていたんです。それで、若いときから鯨というあだ名で呼ばれていたみたいで、わたしたちもときどき、鯨さん、と呼んでいました」

「過去形なんですね」

気になって指摘すると、

「え？」と岡さんは僕の顔を覗き込むようにして、「ああ」と小さく頷いた。

「そうですね、塚本さんは、どろんしてしまったので」

「どろん？」

「ええ。突然、いなくなってしまったんです」

「それは、練習をする場所がなくなってしまったからですか」

「さぁ、それはどうなんでしょう」

岡さんは苦い顔のまま首を傾げた。

「だから、オーケストラはそれっきり解散してしまったんです」

予想外の言葉だった。

僕の頭の中では妄想が膨らみ、オーケストラの皆さんがこの白い空間に集まって、優雅で繊細で壮大な音楽を奏でる様子が映画の一場面のように展開されていた。それが、急に空気を抜かれたみたいに一瞬で消えてしまった。

「だからですね――」

岡さんは複雑な表情のまま、ため息をついた。

「だから、せっかくこんなにいいところを見つけてくださったのに、残念でなりません」

残念ということで云えば、僕にもまた心残りがあった。岡さんに取材をしたとき、体調を崩して肝心のオーケストラの演奏会に行けなかったのだ。〈鯨オーケストラ〉の名が思い出されるたび、急性胃腸炎で苦しんでいた自分がよみがえる。その記憶を払拭《ふっしょく》するためにも、オーケストラの演奏を待ち望んでいた。

「残念です」

岡さんは繰り返しそう云った。

華奢《きゃしゃ》な人で、がらんどうの空間に立っているその姿もまた、目の前から消えてしまうのではないかと思われた。

＊

「持ってきました」

とカナさんは、突然、編集室のドアをあけて入ってくると、

「編集したフィルムです」

もう、テーブルの端の椅子に腰をおろしていた。

「できれば、音楽が欲しいんです」

部屋の隅のピアノが置いてあったあたりをじっと見ている。

「と思ったのに、ピアノがなくなっているじゃない」

「ええ」と僕はピアノを工場に運んだことと、カナさんが編集してくれた8ミリフィルムを工場の壁に投映したらどうかという提案を、これまでの経緯を交えて説明した。

「それ、すごくいいと思う。ピアノもあるなら、ちょうどいいし。バジ君と云ったっけ？ピアノを弾きながら歌うあの青年。彼に音楽をつけてもらえないかしら」

（なるほど）と僕は膝を打った。８ミリの映像が音声を欠いていることをすっかり忘れていたのだ。カナさんの家で編集前の素材を観たときは、そこに映し出される昔の町の風景や人々に自然と記憶の中の音や声を当てていた。でも、実際のところ、音は一切入っていない。

「その工場は、防音とかどうなっているのかしら」

「一応、工場の機械の音が漏れ出ないようにつくられていて、防音用のしっかりした壁が使われているそうです。それでも、少しは漏れてしまうようで」

丹後さんから、そんな説明があった。

「思い出すわ。太郎君は給水所の近くに小さな映画館があったの知ってる？」

「いえ」と云いかけ、ふと、子供のころに母が映画館の話をしていたのを思い出した。

「駅から少し行ったところに映画館があって、すぐになくなった、と母が云ってました」

「そうなの。〈流星シネマ〉って、わたしは名づけたんだけど、本当はもっとつまらない名前だったと思う。流れ星みたいにあらわれて、すぐに閉館しちゃったから、わたしの記憶の中では、〈流星シネマ〉ってことになってるの」

胸の真ん中でかすかに震えるものがあった。それこそ、胸の奥に小さな星があり、切れていた電池を交換したら光を取り戻したかのようだ。

「にわかづくりの小屋でね。防音なんてしていないから音楽やセリフが外まで聞こえてくるわけ。わたしはそれを聞きたくて、夜になると映画館のまわりをゆっくり歩いて、街灯の下で煙草を吸ったり、野良猫の頭を撫でたりして、漏れ聞こえてくる音を楽しんでた。くぐもってよく聞こえないところがあったり、突然、大げさな音楽が高鳴ったりして、スクリーンに映る場面を想像しながら耳を傾けてた」

（母はどうだったんだろう）

流星という言葉からの連鎖なのか、いくつかの思いが体の中を通過していった。

再婚をして、この町を出て行ってから、母は昔のことを話さなくなった。〈流星シネマ〉で、どんな映画を観ていたのか聞いておけばよかった。

＊

雑事に追われて、するべきことを放っておいても、時は流れて季節は確実に変わっていく。たとえば、僕はカナさんからいただいた「シを書きなさい」という言葉にまだ応えていない。

「工場の白い床にピアノを運んで置いたら、ただひとつ打たれたピリオドのようでした」

何気なく、カナさんにそう話したとき、

「太郎君、あなた、やっぱりシを書きなさい」

また云われてしまった。

ピリオドは文末に打たれる黒い小さな点だが、ときに、そこで行を変えて、次の文章に移るためのターニング・ポイントにもなる。

その黒い点――ピアノに寄り添うように演奏者の二人がいて、丹後さんはヴァイオリンを構え、バジ君は8ミリが投映される白い壁が見えるよう、位置を調節してピアノの前の椅子に座った。

僕はカナさんの家から運び込んだ8ミリ映写機を壁に向けて設置し、その夜の特別な観客として、ゴー君とハルミさん、椋本兄弟、それに、岡さんにも声をかけて参加してもらった。皆、立ったままだったり床の上に座ったり、思い思いの格好で白い壁を見上げている。

ゴー君も椋本さんも店を臨時休業にして、この上映会に参加してくれたのだが、ミユキさんだけは、「わたしはやめとく」ときっぱり断った。

ミユキさんは、このがらんどうの空間を見てからというもの、突然、髪を短く切り、身につけるものも、メアリー・ポピンズを卒業して、ジーンズにスエット・シャツでスニーカーを履くようになった。

「ちょっと来てくれない?」

重い腰を上げて、ようやく改装にとりかかった〈あおい〉に呼び出され、

「何か手伝いましょうか」

そう云ったら、

「いいの。大丈夫なの。自分一人でやってみたいから」

意地の張り方はいつもどおりのミユキさんだった。

「一人で考えながらつくっていきたいの」

だから、少しでも時間を惜しんで、「いまは店の改装に集中したい」とのことだった。

「みんな、集まった?」とカナさんが僕の横に立ち、(音楽はどう?)とばかりにピアノ

の方を見て目配せしている。

「映像を見ながら、即興で演奏するそうです」

演奏者の二人に代わってそう答えると、

「一度きりの演奏ということね」

カナさんは納得したように頷いた。

「では、始めましょう」

ゴー君が場内の照明を落とし、一旦、真っ暗になったところで映写機のスイッチを入れてフィルムを回し始めた。

カナさんは前日の夜まで細かいところを編集し直していたらしく、したがって、僕も事前に内容を確認していない。その投映が初めてであり、何が映し出されるのか、まったく知らなかった。


だから、フィルムが回り始めた途端、〈あおい橋〉のあたりから撮ったと思われる川があらわれたことに、いきなり冷静ではいられなくなった。

映像に合わせてバジ君がピアノを弾き始め、その旋律は川を流れていく水の匂いを思い出させる。追い打ちをかけるように、ヴァイオリンの音色がさらに濃密にあのころの時間を呼び戻した。

音が入っていないはずなのに、水の流れる音や、川沿いに並ぶ桜の樹の葉が風にそよぐ音が、いちいち聞こえてくる。

そもそも、なぜ、アルフレッドは川を撮影したのか。

これはしかし、そのあとに続いた数々の町の情景——駄菓子屋の店先であるとか、歩道の端にびっしり生えている蛇いちごであるとか、銭湯の煙突や、夕方のおでん屋の屋台といった、いまはもうとっくに見られなくなったものにしても同じで、あたかも、それらが主役であるかのように撮影されていた。

それとも、カナさんの巧みな編集によって、そう見えるのだろうか。

四丁目の〈風間製パン〉の主人がランニング・シャツ姿で店の前に立って腕を組んでいた。三丁目の〈矢島生花店〉の娘がカメラに向かって何か話しかけている。バジ君がその場面に反応してピアノの弾き方を変え、丹後さんがその変調にすぐに追随した。バジ君の腕前はよく知っていたが、丹後さんの演奏もじつに見事で、とても即興とは思えない。

「白い花はいかがですか」

バジ君がピアノのリズムに合わせてハミングするように軽妙に歌った。

「そう云っています」と僕の方を見る。

「そう云ってる？」

「花屋の娘さんがそう云っています」

そうか、バジ君は唇の動きを読んで、何と云っているのか分かるのだった。

誰が撮ったのか、投映された画面にはまだ若いアルフレッドも登場し、彼もまたこちらに向かって何か話していた。バジ君によれば、

「ストップ、ストップと云っています」

とのこと。自分は映さなくていい、と云いたいのだろう。

一丁目の洋菓子屋が映し出され、四丁目の金物屋、二丁目の時計店、それから、〈図書館の森〉もほんの数秒だったが登場した。僕らが足繁く通っていたころの図書館も――。

一体、カナさんがどのような技術を駆使したのか分からないが、画面はときに目まぐる

しく切り替わった。

（あ、これは知ってるけど、なんだっけ？）（これはどこ？）（この人は誰？）（名前が出てこない）（覚えているような覚えていないような）

よく知っているものや、まざまざとよみがえるものに混ざって、そんなふうに戸惑いを覚える風景や人物も数多く登場した。もしかして、思い出せないものや見知らぬものの方が多かったかもしれない。アルフレッド自身がメールでそう云っていた。このフィルムの中には、自分の「記憶にない記憶」が留められていると。

ゴー君もまた同じらしく、ときどき僕の方を見て、（これ、何だっけ？）という顔をした。

（そう、何だっけ？）

首を傾げたとき、工場のドアがわずかに開くのが見え、その隙間から黒い影がひとつ、遠慮がちに場内に入ってきた。たまたま暗い場面だったので判然としなかったが、しばらくして、明るい場面が映し出されると、その人影がミユキさんであると分かった。

（なあんだ）

僕はミユキさんのそばに近づき、

「やっぱり来てくれましたね」

小声で話しかけると、ミユキさんは画面を見上げたままだった。

「音楽に誘われてきちゃった」

僕の顔を見ようともせず、かすかに音が響いてきたから」

「わたしの店まで、かすかに音が響いてきたから」

「あれ？　ミユキさん、いま、わたしの店って云いました？」

そう訊いているのに、ミユキさんは画面に釘づけで、「ちょっと待って」とつぶやくと、

「あれって、もしかして」と右手の人差し指を画面に向かって力なく差し出した。

次の瞬間、僕もまた画面から目を離せなくなった。

音楽は低くゆったりと続いている。

その静かな音の流れに縁どられるように一人の少年が映し出され、ぶれたピントが絞り込まれると、それが間違いなくアキヤマ君であることを示していた。

僕とゴー君が同時に声を上げた。

ミユキさんは両手で顔を覆い、しかし、指と指の間からしっかり見ている。

なぜ、いつ、アルフレッドがアキヤマ君を撮影したのか分からない。が、背景から察するに、編集室の前でカメラは回され、もしかして、僕やゴー君も映るだろうかと目を凝らしてみたが、画面はアキヤマ君が独占していた。

たぶん、鯨について調べるためにアルフレッドの本棚を見に来たのだろう。見たことのない外国の本を抱えていた。写真集だろうか。ずいぶんと大きな本を胸に抱き、アキヤマ君はカメラが自分を捉《とら》えていることを意識して前髪の乱れを直した。それから少しだけこちらに近づいて、口を動かしている。

何か云っていた。

思わず、バジ君を見ると、彼は鍵盤の上で両手を動かしながら画面を見据えてゆっくり云った。

「いつか必ず鯨は帰ってきます」

僕の耳にはアキヤマ君の声に変換されて届いた。

ミユキさんが目を覆っていた手を口の前におろし、声をおさえて肩を震わせている。

おりしも、二人の合奏が限りなく静寂に近い消え入るような音の連なりに収斂《しゅうれん》しつつあった。

こんな映像がアルフレッドの8ミリフィルムに残されていたことは、もちろん知らない。僕がカナさんの家で観たフィルムの中には含まれていなかった。

思えば、もともと僕が探していたのはアルフレッドが書いたあの日の記事で、その探索から始まって、あの日よりさらにさかのぼった時間がこうして思わぬかたちであらわれた。

もう二度と戻れない時間だ。

時の流れに奪われたのではなく、僕自身の整理のつかない思いが消去してしまった時間と云ってもいい。

そこで音楽が途絶えた。

微弱なピアノの最後の一音が消えると、それきりバジ君も丹後さんも楽器を休ませ、フィルム自体が発するパチパチというノイズが聞こえて、画面にはさらに数十秒のあいだ、アキヤマ君の姿が映し出されていた。

それから唐突に画面が暗くなり、暗いままの画面がしばらくつづいた。

これで終わりなのか。

カナさんはアキヤマ君のことを知らないはずなのに——少なくとも僕は話したことがない——編集したフィルムのいちばん最後に、この一分あまりの映像を、なぜ置いたのだろう。偶然なのだろうか。それとも何かの力が働いたのか。それはやはり、ここへ帰ってくる、いや、帰ってきた鯨の力だったろうか。

カナさんに訊いてみたい。

しかし、どうしたことか、いつのまにか姿が見えない。

(どこへ行ったんだろう)と場内を見渡したとき、画面にまた明るさが戻り、映し出されたネオンの光が場内を明るく照らしていた。

フィルムはまだ終わっていないらしい。

皆の顔が見えた。ゴー君はおそらく僕と同じ思いで呆然《ぼうぜん》としている。ハルミさんはこんなときでさえ流し目でフィルムのつづきを追い、椋本兄弟は彼らもまた何かを思い出しているのか、四つの瞳が同じように潤んでいた。

バジ君と丹後さんは、これで終わりかと思えたフィルムのつづきがあったので、あわててそれぞれの楽器を鳴らし、岡さんは画面よりも、むしろ、その二人の様子を見守っているようだった。

そして、ミユキさんは口をおさえたままで、きっと泣いているのだろうと思ったが、僕にはその目に柔らかいものが兆しているように見えた。あるいは、ミユキさんのそのまなざしは画面に映し出されたネオンに反応したものだったかもしれない。

映画館のネオンの光だ。

(そういうことか)

このあいだ、カナさんが映画館の話をしてくれたのは、この場面に向けての伏線だったのだ。カナさんも久しく忘れていたのではないか。もしくは、カナさんもまた、もう戻らないと決めた時間の中から一軒の小さな映画館が——〈流星シネマ〉が——よみがえってきたのに、フィルムを編集しながら驚いたのではないか。

(違いますか、カナさん)

画面からの光に照らされた皆の顔をもういちど一人一人見ていったが、やはり、カナさんの顔だけ見当たらない。

「どうしたんだろう」

ピアノのすぐ近くまで歩み寄ると、

「太郎さん」

背後から呼ぶ声があった。岡さんだ。「わたし」と云ったように聞こえたが、ピアノの音に消されて、もうひとつ聞きとれない。

「はい？」と訊き返すと、

「わたし、オーケストラのメンバーに声をかけてみようと思います」

これまで聞いたことのなかった、しっかりした声だった。

「わたしたちがまたオーケストラを始めたら、いなくなった鯨が音楽に誘われて帰ってくるかもしれません」

岡さんは笑っていた。彼女がこんなふうに笑っているのを初めて見た気がする。それがなんだかうれしくて、いくつもの思いが体の中で沸騰しているのを早くカナさんに伝えたかった。

それにしても、いつからいなくなっていたのだろう。ちゃんとフィルムを見ていたのだろうか。

ふいに思いついた。

音をたてないように工場のドアを開き、忍び足で外へ出ると、丹後さんのバイクにもたれて煙草を吸っているカナさんの姿があった。

夜空を見上げている。

外へ出ると空気が一変し、どこか遠くの方で鳴っているかのようにピアノとヴァイオリンの音が聞こえていた。

カナさんは、この漏れ聞こえてくる音を聞きたかったのだろう。

空に星は流れていなかったが、輪郭のぼやけたいびつな月がこちらを見おろしていた。

*

そして、冬はある日、何の予告もなしに終わってしまう。

そんなふうに始まる物語があったらいいのにと思う。われわれはいつでも冬へ向かって進み、冬の厳しさと心もとなさの中に閉じ込められる。

でも、冬にもまた、こうして終わりがくる。冬が終わって春がめぐってくる。春の暖かさは命を持つものすべてを励ますようにつくられている。たぶん、きっと、おそらくは。

（もういちど、最初から始めよう）

そう云われているような気がした。

人生の四つの季節は否応《いやおう》なく冬に向かっているけれど、こうして小さな（もういちど）は何度でも繰り返される。何度でも再生して、何度でもやり直せる。


鯨の骨格標本が完成するまでには、まだまだ時間が必要だ。

でも、いまここに未完成なものがあるということは、目標に向かって手を休めない限り、いつか完成する日が来ることを意味していた。

未完成なものだけが完成に到達できる。

「あのね、手を動かして始めないことには、未来は生まれてこないみたいなの」

ミユキさんがそう云っていた。あのミユキさんがそんなことを云うなんて、まったく春の力は大したものだ。


僕はひさしぶりに、ゆっくりと静かに編集室で一日を過ごしていた。モカはまたひとつ歳をとり、眠っている時間がより長くなっている。バジ君の唄をここで聴けなくなったのは残念だけれど、モカの寝息が、「ねむりうた」になりつつあった。

つい、居眠りをしてしまう。

居眠りから目覚めると、どのくらい時間が流れたのか分からなくなる。

編集室の窓の向こう——遊歩道のあたりから樹々のざわめきが聞こえ、椅子から離れて窓ごしに外の様子を確かめた。

光が降っている。

いや、そうではない。

ドアをあけて外へ出ると、通り雨だろうか、ゆるく降りそそぐシャワーのような雨が、神様のいたずらのように、ひとしきり路面を叩いて通り過ぎていった。

あとがき

ある日、ふと、暗渠というものが気になりました。

子供のころ、町にはいくつかの川が流れていて、いま、それらの川はすべて暗渠になり、川があったところは遊歩道になっています。

遊歩道を歩いていると、ときどき、そこが川であったときの情景が、いまの風景と重なり、二重写しになってよみがえります。あたかも、アスファルトやコンクリートの下に、かつての町がそのまま閉じ込められているようで、その様子を透視している自分に気づきます。

ひとたび、その透視する術を身につけてしまえば、町の全域が、「いま」という名の皮膜に覆われているように思えます。皮膜のちょっとしたほころびに爪を立て、指でつまんでめくり上げれば、「いま」の下に「むかし」や「かつて」が覗き見えます。

この物語の舞台も、暗渠のある町――かつて、川の流れていた町です。むかし、その川に海から一頭の鯨が迷い込んで絶命したという逸話が語り継がれ、巨大な鯨を埋葬したところは、〈鯨塚〉と呼ばれるガケを形成しています。町の人々は、そのガケの上と下で暮らし、彼らは皆、見えない川や、見えない鯨と隣り合わせて生活しています。

物語の先行きを考えるたび、「むかし」や「かつて」は、そう簡単に消滅しない、と物語そのものに教わりました。それらは、安易に「懐古」や「ノスタルジー」といった言葉に置き換えられるものではなく、「いま」と隣り合わせたアスファルトの下に息づいています。

夕方の遊歩道で耳を澄ましてみれば明らかでした。足もとから、水の流れる音がかすかに聞こえてきます。見えないだけで、川はまだそこに流れていました。

夢や伝説ではないのです。「むかし」は、人目につかない箱の中に閉じ込められていました。

子供のころの驚きのひとつは、けがをすると、血があふれ出してくるということで、傷が深ければ、骨が覗き見えることもあります。町もまた傷を負えば、血があふれ出して骨の存在を暴きます。人が暮らしていくところには、かならず箱の中に閉じ込められた「むかし」があり、それらの多くは、おそらく、忘れてはならないことでしょう。

物語を読んだり書いたりする時間は、そうした「忘れてはならないこと」を、日々の暮らしの中に聞き取る時間であるように思います。なにしろ、箱の中にしまわれていたり、土の下に埋められていたりしますから、そのひとときは、なるべく静かなところに身を置いて、耳を澄ます必要があります。

耳を澄まして、小さな音を聞き取ろうとするとき、耳だけではなく、自分の中にしまわれていたものが音を探り出そうとしているように感じます。そもそも、耳を澄ますの「澄ます」とは何でしょう。澄ますことによって、耳だけではなく、心身のさまざまな部位が作動しているような気がします。

なぜ物語を読むのか、どうして物語を書くのかといえば、この騒がしい世の中に暮らしながらも、ひととき、書物のかたちになった静寂に立ちかえり、心身を「澄ます」ためではないかと思います。

この文庫版の刊行に合わせて、『屋根裏のチェリー』という続編が刊行されます。『流星シネマ』に連なる舞台と季節を、本書の終盤に登場したオーボエ奏者のサユリが主人公になって語ります。さらに、サユリの物語の先には、〈鯨オーケストラ〉の物語も控えています。

そちらにも耳を澄ましていただければ幸いです。

最後までお読みいただき、ありがとうございました。

二〇二一年　外は雨

吉田篤弘

本書は二〇二〇年五月に小社より単行本として刊行されました。

Haruki Bunko
ハルキ文庫

よ 10-3

流星《りゅうせい》シネマ

著者 吉田篤弘《よしだあつひろ》

2021年7月18日第一刷発行

発行者 角川春樹

発行所 株式会社角川春樹事務所
〒102-0074 東京都千代田区九段南2-1-30 イタリア文化会館

電話 03(3263)5247(編集)
03(3263)5881(営業)

印刷・製本 中央精版印刷株式会社

フォーマット・デザイン 芦澤泰偉
表紙イラストレーション 門坂 流

本書の無断複製(コピー、スキャン、デジタル化等)並びに無断複製物の譲渡及び配信は、著作権法上での例外を除き禁じられています。また、本書を代行業者等の第三者に依頼して複製する行為は、たとえ個人や家庭内の利用であっても一切認められておりません。
定価はカバーに表示してあります。落丁・乱丁はお取り替えいたします。

ISBN978-4-7584-4424-8 C0193 ©2021 Yoshida Atsuhiro Printed in Japan
http://www.kadokawaharuki.co.jp/[営業]
fanmail@kadokawaharuki.co.jp[編集] ご意見・ご感想をお寄せください。

『流星シネマ』につながる、
待望の物語

屋根裏のチェリー

吉田篤弘

もういちど
会いたいです

都会のはずれにあるガケの上の古いアパート。
その屋根裏にひっそり暮らしている
元オーボエ奏者のサユリ。
唯一の友だちは、頭の中にいる、小さなチェリー。
そんなサユリと個性的で魅力的な登場人物が織りなす、
愛おしくて小さな奇跡の物語。

単行本発売中

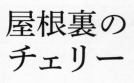